As baleias do Saguenay

As baleias do Saguenay

João Batista Melo

Prêmio Cidade de Belo Horizonte
Prêmio Paraná

© Moinhos, 2019.
© João Batista Melo, 2019.

Edição:
Camila Araujo & Nathan Matos

Assistente Editorial:
Sérgio Ricardo

Revisão:
LiteraturaBr Editorial

Diagramação e Projeto Gráfico:
LiteraturaBr Editorial

Capa:
Sérgio Ricardo

Nesta edição, respeitou-se o Novo Acordo Ortográfico da Língua Portuguesa.

Dados Internacionais de Catalogação na Publicação (CIP) de acordo com ISBD

M528b
Melo, João Batista
As baleias do Saguenay / João Batista Melo.
Belo Horizonte, MG : Moinhos, 2019.
112 p. ; 14cm x 21cm.
ISBN: 978-65-5026-023-1

1. Literatura brasileira. 2. Contos. I. Título.

2019-1709
       CDD 869.8992301
       CDU 821.134.3(81)-34

Elaborado por Odilio Hilario Moreira Junior – CRB-8/9949

Índice para catálogo sistemático:
1. Literatura brasileira: Contos 869.8992301
2. Literatura brasileira: Contos 821.134.3(81)-34

Todos os direitos desta edição reservados à
Editora Moinhos
editoramoinhos.com.br | contato@editoramoinhos.com.br

Sumário

13 As baleias do Saguenay
27 O caminho das Índias
37 A lanterna mágica
45 FC
53 Depois do crepúsculo
63 Retratos de uma paisagem
73 A moça triste de Berlim
81 O homem que fraudava latas
89 Os caminhos do vento
101 Uma voz

Para Maria do Carmo e Aline.

E à memória de meus pais, Maria de Lourdes e Benedito.

*Agradeço a Ronaldo Cagiano,
Roberto de Sousa Causo
e Richard Zimler
e à música de Bruce Broughton.
Cada um deles contribuiu, de alguma forma,
para que este livro estivesse aqui agora.*

Era feito daquela substância impalpável que geralmente se chama fábula ou ilusão; ainda que fosse verdadeiro.

Dino Buzzati, O Bicho Papão

As baleias do Saguenay

Segue os navios. Segue as rotas que sulcam as tristes e gastas embarcações. Não para. Evita até o porto mais humilde.

Álvaro Mutis, A Neve do Almirante

Papai não ameaçou se matar. No bilhete largado sobre a mesa da sala, apenas se despediu num tom carente de amargura. Sem referências à doença terminal, informou-nos que simplesmente resolvera partir.

O alerta da empregada me encontrou dormindo. Tateando na penumbra do quarto, vesti-me como pude e saí ao encontro da mulher alarmada. Dei uma rápida olhada no bilhete e comecei a telefonar para amigos, irmãos e tios. Despertei alguém de plantão na polícia, procurei em vão nos maiores hospitais.

A situação toda era incompreensível. Eu não podia imaginar papai saltando de uma janela no último andar de algum prédio. Nada de forcas ou tiros, ele nem ao menos tinha um revólver. Seu amor pela vida não lhe permitiria eliminá-la, mesmo sabendo que permaneceria pouco tempo com ela. Apanhei o papel outra vez e o reli com atenção. "Não se preocupem comigo. Estarei bem onde estiver. Vou me encontrar com um sonho".

A última frase desesperava. Meus irmãos foram chegando com o avançar da noite, e um por um enlouqueceu com a perspectiva da morte de papai. Apenas eu tateava os pensamentos à procura de alguma explicação lógica. Abri as gavetas da estante, folheei livros e rascunhos de cartas. Mexi na agenda, investiguei o bloco ao lado do telefone, descobri um velho diário cuja leitura rápida não teve maior serventia.

Desanimado, espichei-me no sofá e olhei para o retrato de mamãe sobre a mesa. De certa forma, posso dizer que cheguei quase a rezar para que ela me inspirasse. E, coincidência ou não, a explicação estava bem ao lado dela, no outro porta-retratos. Era a foto velha e desbotada de uma pequena baleia. Impresso embaixo, um nome que naquele momento me soou como magia: Tadoussac.

Nas primeiras horas da manhã, liguei para o aeroporto. Somente daí a dois dias haveria passagens disponíveis, e além disso eu precisaria enfrentar a via sacra dos vistos de entrada. Mas a lista dos passageiros confirmou que papai já estava a caminho do Canadá, literalmente voando ao encontro de seu sonho.

O avião passava sobre as florestas das Laurentides. Colando o rosto à janela, papai admirava as folhas coloridas por um arco-íris fragmentado. Um mosaico imenso em tons de amarelo, vermelho, laranja e verde. O passageiro ao lado esticava o rosto curioso na direção da janela.

– Bonito, hein? – ele comentou.

– São como eu me lembrava. – Papai não conseguia afastar os olhos daquele crepúsculo convertido em folhas. – Não há outono como em Quebec!

– O senhor já veio aqui?

Papai já estivera lá. Foi quando conseguira a foto da baleia. Na época ele trabalhava como engenheiro de uma indústria química. A mesma fábrica que legara-lhe a doença que agora o devorara. Viajara para visitar indústrias na região americana dos Grandes Lagos e terminara por conhecer boa parte da província canadense de Quebec. Ele sempre me falava do povo gentil com que conviveu, das belas paisagens que viu. Gatineau, Baie-Saint-Paul, Champlain, Saint-Laurent. Nomes cuja misteriosa sonoridade embalara muitas vezes meu sono quando criança e que agora me voltavam à mente ao pensar em papai voando para Montreal.

As folhas chegaram mais perto, as cores perdendo a irrealidade da distância, e o avião correu pela pista do aeroporto. Logo em seguida papai já avançava na fila da imigração. Tenso, temia ter a doença flagrada pelos canadenses e se ver assim obrigado a voltar para o Brasil. Distraiu-se olhando as esculturas na platibanda próxima do teto, ao longo de todo o salão: bonecos com formas humanas caminhavam, andavam em bicicletas, abriam guarda-chuvas. De alguma forma eles transpareciam vitalidade, uma sensação que inevitavelmente lhe angustiava. A mulher no guichê então o chamou. Chegara a sua vez.

A cabeça envolta por gorros e cachecóis, os óculos escuros vedando as olheiras, ele tentava ocultar a debilidade numa armadura de panos. O frio intenso justificou os tremores, um esforço deu firmeza à voz que respondeu à fiscal, e em poucos minutos ele já seguia com as malas para o ponto do ônibus que o levaria à cidade. Dormiu uma única noite em Montreal. Não saiu do hotel, não viu os prédios envidraçados de azul, verde e amarelo espelharem a lua tardia. Na manhã, alugou um carro e seguiu para o norte, ladeando o curso do Saint-Laurent. Passou direto pela cidade de Quebec e seu castelo. Embrenhou-se por vilarejos coloridos pelo outono, contemplando a quase infindável largura do rio. Parou algumas vezes no caminho para recuperar as forças e ficou olhando as ondas vibrarem a superfície das águas. Não conversou com ninguém no trajeto. Não eram as pessoas que lhe interessavam naquela jornada solitária.

Papai sempre gostou de animais. Não que os preferisse aos humanos. Mas guardo lembranças iguais de gestos seus tanto para com os cães quanto para com os homens. Houve uma vigília noite afora, papai olhando pela vidraça da cozinha, a nossa cadela no terreiro se refazendo de um parto quase mortal. E me lembro de uma noite de chuva, papai carregando as crianças de um barraco que ruíra na favela vizinha à nossa casa.

Essas recordações me inquietavam, pois delas traduzia que já não esperava rever papai. E assim passei um dos mais tensos dias de minha vida. Já que não existiam passagens, acabei por ir para o escritório. Mas lá os telefonemas da família foram insuportáveis. Ouvi choros e confissões de irmãos que se culpavam de negligenciar papai. Todos desesperados, supondo papai um suicida. Eu nem sequer cogitava mais essa hipótese, mas por outro lado não tinha certeza das suas intenções ou muito menos de seu destino.

Além disso, eu não sabia se ele resistiria à viagem e nem como conseguiria se virar doente em um país estrangeiro. O médico se recusara a prever sua sobrevida. Por isso eu temia que os dias sem passagens me impedissem de voltar a ouvir papai contando histórias do passado, falando de um rio que corria como um mar preso no continente.

O Saint-Laurent ficava maior à medida que papai seguia adiante. Dali até a gigantesca foz, muito mais ao norte, ele iria se abrindo cada vez mais, deixando-se invadir pelas águas do mar.

Naquela noite, papai dormiu num hotel em Saint-Irénée, uma pequena cidade às margens do rio. Antes saiu caminhando pelas poucas ruas, parou no início do comprido cais e se assentou no muro de contenção. Ouviu o som das águas, pensando na vida que tivera. Lembrou-se de mamãe e de um relacionamento longo e plácido como o rio que agora corria à sua frente, quebrado somente quando ela falecera, muitos anos antes. Lembrou-se de nós, julgando um milagre que tivesse conseguido criar uma família diante da qual podia se orgulhar, não pelo que conquistara ou pelos escassos bens que lhe legava, mas apenas por terem trocado juntos experiências de humanidade.

Na manhã seguinte levantou cedo e pegou a estrada. Ansioso, temia que algo o impedisse de encontrar o que procurava. Mas não foi a doença que o atrapalhou e sim o nevoeiro. Os traços embranquecidos preencheram o ar logo depois da chegada ao ponto onde se embarcava na balsa. Naquele trecho onde a estrada se interrompia, o Saint-Laurent recebia as águas do rio Saguenay. Porém papai mal o viu por trás das manchas de neblina.

A travessia foi lenta, a balsa cega sem encontrar os encaixes na terra, mas pouco depois papai já estava novamente na rodovia. E ali, do outro lado do Saguenay, já era Tadoussac, e papai, enfim em seu destino, buscou um hotel próximo ao porto. Dormiu, refazendo as poucas forças que ainda tinha. Acordando, procurou uma agência de turismo e aliviou-se ao saber que as excursões não haviam terminado. Contudo naquele dia sairia a última delas. Comprou um bilhete e aguardou impaciente a partida do barco. Quanto a mim, negaram-me o visto de entrada. Ou melhor, condicionaram-no a uma entrevista pessoal que me obrigou a mudar o dia da viagem. Passei a tarde vagando pela Avenida Paulista, à espera do momento de conversar com o funcionário do consulado. Andando sem rumo naquele cânion de edifícios, senti papai mais distante que nunca. Desejei a utopia do fim dos muros, a abolição de todos os vistos e passaportes. Continuei a me lembrar de papai, seu desacato às noções de nacionalidade. Os animais não têm pátria, ele costumava dizer. Perguntei-me como ele conseguira o visto, franzino e trêmulo, transparecendo a enfermidade em cada gesto.

O piloto do barco notou o evidente mal-estar e se ofereceu para chamar um médico, sugerindo que papai desistisse do passeio. Ele recusou e foi assentar-se na parte coberta da embarcação. Debruçou a cabeça entre os joelhos, tentando recuperar-se. Acabou chamando a atenção da mulher ao lado, que lhe ofereceu um comprimido contra enjoo. Ele sorriu e por delicadeza tomou o remédio. Deitou a cabeça no espaldar do banco e começou a ouvir as explicações do guia. Navegaram até o meio do Saint-Laurent e então deram início à caçada.

Papai saiu para o convés. O frio se espalhava, onipresente, invadindo agasalhos, cortando as mãos e o rosto. Alguns poucos turistas desafiavam o clima do lado de fora da cabine. Conversavam em pequenos grupos, admirando o pouco que se podia ver do rio. Aliás não havia o rio. O rio era a neblina. Uma mancha fantasmagórica rodeando o barco, deixando somente uma ilha de visibilidade. Foi naquele pequeno círculo de água visível que a atenção de todos se concentrou quando o guia avisou que o sonar detectara algo se movendo para estibordo. Os demais passageiros afloraram para o exterior, câmeras apontadas, supérfluos binóculos colados ao rosto.

A embarcação acompanhava a coisa que se movia nas profundezas do rio. Alguém deu lugar para papai se apoiar na balaustrada. Mas antes que ele tocasse no metal do corrimão, algo explodiu ao lado do barco. As águas voaram para cima, enquanto na superfície irrompia o corpo de uma baleia acinzentada. Enorme, ela flutuou um rápido instante para mergulhar em seguida.

Papai tremeu violentamente, desta vez de emoção, e não desgrudou os olhos da baleia que voltou a surgir metros à frente e depois atravessou a água como uma agulha sobre um pano, entrando e saindo, entrando e saindo, até desaparecer na neblina. O barco tentou acompanhá-la, porém não foi ágil o bastante e logo recomeçou a busca, vasculhando o fundo do leito à procura de novos animais.

Papai limpou as gotículas da face. Sentiu o leve sabor de sal e se perguntou o que mais haveria naquela pequena gota. Decerto um pouco de todas as coisas que navegavam suspensas no rio. Toneladas de pesticidas, de chumbo e mercúrio, de cromo e alumínio, muitas delas lançadas nos afluentes dos Grandes Lagos há mais de vinte anos. Papai me contara que o governo proibira o despejo de dejetos no Saint-Laurent e empreendera vários projetos para despoluir o rio. Mas o passado era imenso e as suas toxinas ainda resistiam, descendo pelo Saint-Laurent até o mar.

Outra baleia se estendeu nos limites do nevoeiro. Soprou uma fonte antes de mergulhar. O barco se moveu de novo perdido, o sonar garimpando o leito para cima e para baixo. Mais duas grandes baleias teceram um balé entrelaçado. Então veio a quietude por algum tempo. O frio se intensificou. Papai olhava para os lados, tentando discernir alguma coisa entre as teias de névoa que progressivamente se adensavam. Ficara fascinado ao reencontrar as baleias, mas o objeto de sua procura ainda não surgira. Inquieto, perguntou ao guia.

– O inverno está chegando – o guia explicou. – Com o frio, elas quase somem.

– Elas eram tantas... Ninguém acreditaria que pudessem sumir em qualquer época.

O guia explicou que as belugas brancas do Saint-Laurent eram hoje muito poucas, talvez não mais de quinhentas. Papai ouviu com atenção, mas ele já sabia. Assim como sabia que talvez estivessem morrendo, infectadas pela poluição do rio.

O guia avisou que retornariam a Tadoussac. Os passageiros buscaram o calor da cabine. Apenas papai continuou do lado de fora. E quando o barco manobrou e deu força aos motores, ele pensou ver um vulto branco surgir na superfície muitos metros atrás. Mas a neblina veio se fechando no encalço do barco e ele nada mais conseguiu enxergar.

Caminhou em direção à cabine, escorando-se na amurada para se proteger dos balanços do barco. Ansioso, olhava em torno, tentando flagrar o movimento de eventuais baleias. De repente o suor ensopou-lhe a roupa. A tremura fez as mãos se soltarem do corrimão.

A mesma mulher que antes lhe oferecera o comprimido viu pelo vidro da porta quando ele caiu no convés. Carregaram-no para dentro e o deitaram num banco. Aplicaram-lhe os primeiros socorros, mas quando despertou o barco já se aproximava do porto. Ele se ergueu confuso, viu na janela a silhueta do grande hotel junto à praia, os dois pavilhões estendidos como asas brancas e vermelhas. Pensou tratar-se de um grupo de belugas, mas não teve forças para se levantar. Os olhos se fecharam até que o médico acendeu a lanterninha sobre as pupilas esverdeadas.

Restabeleceu-se rapidamente no hotel. O médico lhe receitou alguns remédios e recomendou que voltasse logo ao Brasil. Papai lhe contou sobre as belugas e prometeu regressar para casa no dia seguinte.

Em vez disso, procurou uma agência de turismo que organizava excursões em pequenos botes infláveis. A temporada já fechara, mas ele fretou sozinho uma viagem. Saíram depois do almoço, esperando que o calor do sol espantasse a neblina. Porém ela estava lá à espera, uma parede circular seguindo o avanço do bote. O frio era intenso, maior ainda pelos respingos do rio. Papai vestia uma capa de chuva amarela, um gorro de plástico e luvas que escondiam o suor das mãos.

Em certo momento uma baleia rorqual saltou bem ao lado do bote, mergulhando um pouco adiante, a grande nadadeira caudal estendida para cima, gotejando finas cascatas antes de afundar. Papai sorriu e se debruçou para fora do bote tentando adivinhar onde ela ressurgiria. Mas ela voltou à tona já nos limites do nevoeiro. Depois viram mais uma única baleia flutuando ao longe. Das belugas, as pequenas baleias brancas, não notaram nenhum vestígio.

Regressaram frustrados, os empregados da agência com a sensação de terem feito algo indevido, embora desde o início o tivessem advertido de que a época era péssima para se observar os animais no rio. Simpatizaram com papai ao conhecer a sua história, e quiseram sem sucesso devolver-lhe o dinheiro da excursão. Ele pediu para empreenderem outra vez a busca na manhã seguinte. Os homens o dissuadiram, argumentando que era perda de tempo, pois o clima esfriava sempre mais, talvez a qualquer momento já começasse a nevar.

Papai passou a tarde sentado na porta do hotel, olhando o rio desaparecer nas trevas da noite. Recordou-se de nós, os seus filhos. Intuiu a nossa preocupação, o desespero por perdê-lo, a minha tentativa de alcançá-lo. Constatou que tinha um trunfo a mais que as belugas. Os habitantes de Tadoussac, os homens da agência de turismo, todos com quem conversara, afirmaram-lhe que há muito tempo não se via filhotes de belugas no Saint-Laurent ou no Saguenay. Talvez a poluição as tivesse tornado estéreis. De uma forma ou de outra, em breve elas poderiam desaparecer para sempre.

Não encontrei maiores problemas no consulado. E dois dias depois do previsto eu suspirava com alívio ao avistar as florestas coloridas da província de Quebec. Já parcialmente desfolhadas pelo vento, elas me transmitiram um pouco da sensação de papai ao revê-las. Não dormi em Montreal, parei em Quebec apenas para alugar um carro e me enfiar, através de uma noite enluarada, pela rodovia que acompanha o Saint-Laurent. O tempo somente piorou nas proximidades de Tadoussac.

Naquela noite papai se embrenhou em pesadelos insones. A doença fechava o cerco, ao mesmo tempo sugando-lhe forças e roubando-lhe acesso ao reparo do sono. No quarto escuro, a febre infiltrava grossos nevoeiros que cobriam os móveis, turvavam as janelas, pousavam como uma nuvem sobre a cama.

De manhã, um lampejo de energia o fez apanhar o carro, cruzar o rio sobre a balsa e entrar na estrada que margina o rio Saguenay. Afastou-se do Saint-Laurent, viajando por algumas horas ao lado de seu afluente até parar no trevo de entrada de uma vila. Meteu-se na longa rua que atravessa a cidade e parou junto ao porto. Conversou incansavelmente até conseguir alugar um bote. Então, iluminado por um fraco sol de outono, navegou através do Saguenay. Desligou o motor ao chegar a um ponto equidistante das margens, os enormes cabos rochosos avançando como muralhas à sua volta, e se deixou derivar com lentidão na corrente.

Em Tadoussac, demorei a descobrir as pistas da passagem de papai. Conversei com os funcionários do hotel e das agências de turismo. Através do empregado de um posto de gasolina, soube que ele perguntara como se chegava a L'Anse-Saint-Jean, uma cidade próxima de Tadoussac. Comecei a movimentar-me mais rápido, sabendo agora que ele estava vivo. Cheguei a L'Anse-Saint-Jean quando já anoitecia. Vaguei entre as casas que lembravam uma cidade de bonecas, impressão reforçada pelas miniaturas que, em frente à varanda de muitas delas, reproduziam exatamente a construção original. Com muita dificuldade tive notícias do bote alugado. Pedi o socorro da polícia local. Atravessei uma ponte coberta, toda feita de madeira, e me embrenhei pelo caminho que seguia às margens de uma enseada.

Subi até o mirante de onde se via parte do rio Saguenay. Era imenso, correndo entre largos fiordes, as águas lapidadas com estrias azuis. Um azul intenso, mais azul que o céu, mais azul que as pedras de água-marinha. E que se mostrava ainda mais azul nos pontos onde as nuvens manchavam de sombra a superfície inquieta.

Daquela distância seria impossível identificar um pequeno bote que vagasse sobre as águas. Mas tive a impressão de ver uma grande lancha lá embaixo. Depois ouvi um helicóptero sobrevoar a região, o som das hélices ecoando nas reentrâncias dos cabos. Meu apelo à polícia já tivera efeito.

Desci até a cidade, onde não havia nenhuma notícia de papai. Quando veio a noite, tornei a subir para o mirante. E na escuridão absoluta percebi o abismo à minha frente, o leito do rio dezenas de metros abaixo, e em algum lugar dentro dele papai e sua pequena embarcação.

Embora as baleias fossem menos frequentes no rio Saguenay que no Saint-Laurent, em L'Anse-Saint-Jean papai batera a foto do porta-retratos. No entanto era pouco provável que ele as encontrasse ali, naquela época do ano. Ele tivera um ato de desespero. Ou de intuição.

Tentei enxergar o rio, mas ele era um fosso completamente negro. O cansaço produziu lampejos de luz em minha visão. Forcei os olhos tentando distinguir ao menos os rochedos que contornavam o rio. Nada vi enfim. No entanto, de alguma forma, tive a certeza de que algo acontecia lá embaixo.

Elas estavam no rio. E sozinho naquele alto mirante, olhando um rio que eu não via, ouvindo o movimento de ondas que eu não escutava, finalmente pude compreender. Papai não viera ao Saguenay para se matar, nem apenas para rever as baleias. Ele viera morrer junto delas. Elas que talvez também morressem junto com ele. Papai as escolhera para seu séquito. Um estranho séquito de grandes golfinhos, tão grandes que eram considerados baleias, brancos como se cobertos de neve, dóceis como todas as vítimas.

As belugas o guardaram durante toda a noite. Circundaram o bote, parecendo que o protegiam. Mantiveram-no entre os promontórios dos magistrais fiordes do Saguenay, evitaram que a corrente o levasse.

Elas se foram apenas com o amanhecer. Deixaram enfim o bote vagar entregue ao seu destino. Afastaram-se lentamente, entre mergulhos e emersões, seguindo o curso do Saguenay em direção ao Saint-Laurent. Uma delas – um pequeno filhote – demorou mais a partir. Rodeou o bote com saltos alegres, como se brincasse, mas terminou por acompanhar as demais belugas.

O CAMINHO DAS ÍNDIAS

Então, passadas as gerações das trevas, vieram as gerações da luz.

WALTER M. MILLER JR., *Um Cântico para Leibowitz*

Alguns se fazem ao mar pelas riquezas. Outros embarcam em defesa da fé. Eu nem ao menos esse lenitivo tenho. Navego apenas por navegar. Em tempos remotos, criei escamas de peixe e me fiz sereia insubmersa, prisioneiro dos escaleres e das gáveas, condenado a vaguear pelos mares, quer como corsário quer como homem do rei.

Sem cobiça além das ondas e tormentas, não me justifico a presença nesta nau insana. Sinto a morte a nos esperar e nenhuma de suas recompensas me alicia: nem a conversão dos bárbaros nem o tesouro dos cravos e granadas. Olho o mar se abrindo para o nosso calado e me pergunto se nós o cruzamos ou se ele nos arrasta, iludidos, rumo a um destino obscuro.

Da amurada na proa, Cristóvão Colombo me observa, e no seu silêncio demonstra conhecer o que me perturba. Insinua nos olhos cortantes que sabe ser eu quem no alto das escadas, no esgotamento dos porões, sopra temores nos corpos da tripulação, espalha horrendas histórias e visões e as deixa alastrar pelo convés nas noites mais escuras. Quando tiver a certeza me lançará aos tubarões, fará dos meus braços e pés uma nova âncora, deixará os papéis onde escrevo derivarem nos vagalhões do Mar Oceano.

Por enquanto me relega ao ostracismo. Precisará de mim apenas quando avistar terra. Então me chamará, e eu, o seu renitente escrivão, contarei os atos de bravura das três embarcações que se aventuraram para onde ninguém antes ousou seguir, e enfim aportaram nas Ilhas Molucas para retornarem cravejadas de sementes. Esse é o sonho de Colombo. Esse é o meu pesadelo.

Nem ele, sua excelência o comandante de nossa gloriosa frota, debruçado em tratados e portulanos, sabe realmente o que existe no caminho diante de nós. Eu próprio tenho certeza somente do que nos acompanha. Várias vezes os distingui claramente no início das noites. Certos dias aparecem sozinhos, em outros atravessam o oceano em bando. Tentei mostrá-los aos companheiros da tripulação, mas ariscos os monstros se confundem com o tremor das ondas. Os pescoços longos como cobras inchadas desaparecem tão rápido quanto surgem, os corpos negros fulgem na penumbra. Eles nos escoltam, bem sei, levando-nos para onde desejam, cúmplices da loucura de Colombo.

Há vários dias a inquietação não habita apenas os meus pensamentos. Os marujos se irritam perdidos na vastidão de água, o mundo cada vez mais distante às nossas costas, o caminho das Índias desvanecendo numa alucinação líquida. O peixe salgado servido em doses parcas, as rações de vinho e farinha, os porões sempre mais cheios de água. A sensatez é a volta, a baixa do desafio contra as potências desses mares que não foram feitos para o homem.

É noite, nuvens entrelaçando fachos de escuridão, os marinheiros adormecidos no convés. Na popa alta contemplo o mar, atento à chegada dos monstros. A superfície quase plana deixa o barco flutuar com velocidade. Nesta noite os céus me darão um novo argumento de maus presságios. Pena haver poucos marujos despertos, pois é de repente que um raio parte ao meio o céu, não junto das nuvens que podem ser de chuva, mas do outro lado, onde as estrelas limpam de azul todo um pedaço do firmamento. Ali, bem ali, um risco de fogo se reflete no mar e depois desaparece. Agora certo da fatalidade de nosso destino, não preciso olhar para saber que os monstros já nos seguem.

O dia seguinte esquenta. Atordoados pelo calor, os homens se revoltam, suspiram perfídias, suam conspirações. Alguém propõe jogar Colombo no oceano, girar a nau e regressar ao porto de Palos, devolvendo aos reis Fernando e Isabel a amargura de um fracasso. Assim, estaríamos derrotados, porém vivos. A trama se espalha e o comandante nos reúne no convés. Convence-nos a esperar, acenando sedas e cravos, lembrando que nos aguardam safiras do Ceilão e rubis da Birmânia.

Os outros dias se enfileiram, cálidos, famintos. Avistamos algas, pássaros, baleias, mas a terra ainda é uma promessa não cumprida. As caravelas que nos acompanham vão mais à frente, esperançosas de enxergar antes o marrom dos rochedos, o amarelo das praias. Adoeço e passo muito tempo no porão, junto da carga e dos ratos. Leio como Colombo as obras de Toscanelli e Ptolomeu, persigo os raciocínios desvairados que supõem ser possível sair da Europa para o ocidente e no final encontrar a ilha de Xipango e seu povo amarelo, de olhos pequenos e longos. Loucos todos eles: Cristóvão, Fernando, Isabel, Ptolomeu, Marco Polo. Quanto mais avançamos, mais certo fico de que nada há depois deste oceano, exceto água, água e água. Do porão, nas trevas da noite, penso ouvir o canto dos monstros subir em direção à lua. Tampo então os ouvidos e adormeço até a chegada da manhã.

Não receio somente os seres abjetos que nos vigiam das profundezas, olhando lá de baixo as quilhas dos barcos interromperem a luz do sol. Temo a fúria dos ciclopes, dos gigantes e minotauros. Temo a crueldade das bruxas, a maledicência de suas cinzas, as pragas lançadas das fogueiras sobre a cristandade. E bem sei que o mal, a pureza e a essência de todo ele, habita as paragens onde penetramos, esse mundo fora do mundo, inóspito até para os bárbaros e ímpios. Nas terras destes rumos, se terras há, dominam homens mutilados, sem olhos, narizes ou órgãos viris, gerando novas aberrações nas largas orelhas que trazem sobre os ombros. Aqui se espalham manadas de ovelhas que falam, flores que nascem dos olhos das mulheres, demônios que dividem o trabalho diário com crianças bastardas. Dizem os bárbaros do outro lado do Mediterrâneo que aqui o calor é tanto que no corpo o sangue borbulha e evapora. Por isso a temperatura agora começa a me asfixiar, transforma em febre os jatos fortes que descem do sol.

Fraco pela enfermidade, escoro-me nas paredes e a todo momento subo para a proa, chego perto da amurada e faço as minhas necessidades. Depois demoro algum tempo vendo os marinheiros puxarem as velas, jogarem sondas para que o fundo do mar não nos derrube. Numa tarde, quando a febre já me deixa, Colombo para ao meu lado. Aponta o horizonte e debulha seus sonhos, compartilha confidências das certezas que o levam adiante. Diz que os tempos de cegueira estão mortos, que se iniciam os caminhos do conhecimento. Pergunta-me se a nossa viagem não significará o domínio definitivo da humanidade sobre o mundo. Larga-me ali sem resposta e volta à sua pequena cabine na popa, desaparece detrás de uma cortina com o astrolábio e os mapas, os instrumentos que lhe contam os segredos da natureza.

A conversa tranquiliza-me pouco. As semanas se dilatam, escorrem retidas, amarradas como as velas. Na tripulação, a impaciência outra vez cresce, todos exaustos de esperar. Certa noite Colombo está comigo novamente. Juntos vemos os monstros chegarem e se acercarem das embarcações. No cesto da gávea, o marujo nada parece notar, pois olha fixamente para diante, aguardando as silhuetas da terra. Mas eu e Colombo sabemos o que enxergamos lá no meio das ondas, apesar de nada dizermos um ao outro.

No dia seguinte, ele me neutraliza as informações, induz a tripulação a crer que eram troncos as manchas que avistamos, e oferece recompensas ao primeiro a ver a chegada das Índias, que certamente se aproximam cada vez mais. Contemplo os escaleres e penso em remar de volta ao reino de Castela, mas Palos está tão longe quanto minhas esperanças, e assim me contento em registrar nestes escritos o medo que me tortura. Compartilho meus anseios com alguém inexistente, tão distante e improvável como são agora as terras ibéricas.

Demoro a acreditar quando avisam da caravela Pinta que a terra está finalmente à vista. A ilha se aproxima devagar, praias brilhando em torno, florestas encrespando os morros. Içam as velas quadradas enquanto os barcos deslizam para dentro de uma enseada. Insisto em descer no primeiro escaler, piso no chão da ilha logo depois de Cristóvão Colombo. Ali mesmo o abraço e me agrido, penitenciando-me das intrigas plantadas durante a viagem. Saímos em expedição através das baías e serras. Da mais alta delas vasculhamos as redondezas, mas a cortina de névoa bloqueia as demais porções de terra que devem seguir-se à pequena ilha que chamamos San Salvador. Encontramos pequenos animais e nenhum ser humano. Aves, frutos, boa madeira, mas não há especiarias. Não é ainda Xipango, Catai ou alguma das ilhas Molucas. E assim precisamos prosseguir.

Mais uma vez festejo o triunfo da minha derrota. Assim vivo desde sempre. Espero o caos definitivo e me surpreendo ao encontrar a vida. Espero a concentração de todos os erros e perdas para me extasiar com o menor vestígio de sucesso. As alegrias são reles acasos de uma rota que segue inflexível para a tragédia. Por isso comemoro mais que o próprio Colombo o êxito de suas teorias. As Índias estão bem aqui em torno de nós. Rodeamos a Terra e agora ela é nossa escrava. A humanidade obteve mais um momento de luz em sua existência de trevas.

Dormimos alguns dias na ilha antes de voltar às embarcações. A nau em que navegamos manobra para deixar a enseada, as velas se tocam e se mexem, o leme guincha e se dobra. Colombo grita exaltado, os marujos arrastam cordas, penduram-se nas escadas, puxam madeirames. O barco se agita e se arrasta, mas não é ágil o bastante para se livrar das pedras. Um suave baque nos revela o encalhe. A nau Santa Maria não mais se moverá.

Baldeamos para as caravelas, espremidos quase cinquenta homens em cada barco. Ao fim da tarde começamos a navegar em direção ao ocidente.

O sol resplandece em crepúsculo, a neblina se desfaz no horizonte e a expedição avança. As grandes velas tremulam, as cruzes vermelhas pintadas no tecido parecem crescer, antecipando a vitória do reino de Castela. Debruço-me na amurada, olho as ondas quebradas em nosso rastro. Conheço um instante de feliz abandono. Porém logo me angustio. Junto à madeira do leme vislumbro os animais que retornam à interminável vigília. Entre eles a água se move mais depressa e eu pressinto que corremos mais que o normal. Procuro o vento e as velas. Enfunadas, elas são mãos que puxam a caravela, e a sua pujança me relaxa. Mas a sensação é temporária, o medo regressa. E com ele a convicção de que não devo continuar.

Sem reflexões cuja racionalidade me deteria, procuro um dos escaleres e com dificuldade me lanço dentro dele ao mar. Antes, companheiros se interpõem, atacam-me para sustar o gesto aparentemente insano. Valendo-me de forças que não tenho, empurro e bato, uso o cabo de um machado, liberto-me de braços que tentam me aprisionar. No bote me esforço para substituir os outros remos, forço a corrente e me devolvo à ilha.

No caminho os animais me cercam. Enlaçam o escaler com caudas e dentes, mostram-me rostos humanos, puxam-me de volta à caravela. Valho-me de um machado e os decepo, mas eles persistem e racham as tábuas da frágil embarcação. Remo em desespero sem saber se vou em frente ou me afasto da ilha que já não diviso.

Enfim chego à enseada. Nas pedras o barco me derruba. Nado tendo às costas o fantasma da nau Santa Maria. Um grande cesto de madeira e cordames, ela flutua vazia no ritmo das ondas, sobe e desce como a carcaça de um animal morto. Chego à praia mas não me recupero do cansaço. Corro entre a mata à procura da serra mais alta. Subo aos tropeções e paro no cume, um homem sozinho na ilha mais distante do mundo, olhando em volta em busca dos navios. Na penumbra depois do crepúsculo não distingo senão as silhuetas levadas pela corrente, manchas negras, pontilhadas de mastros, destacadas no brilho das águas que se movem velozes. Em volta os monstros já são muitos, enchem como um cardume toda a faixa do oceano depois da ilha. Olho para além dos barcos e sinto o terror me furtar a visão. Em torno das caravelas as ondas se atropelam, criam rios que rolam adiante, toda a massa de água rumando para o horizonte. Ali, uma tira de espuma se eleva no ar, uma névoa que aparece e se destrói. E na superfície, logo depois de Cristovão Colombo e sua frota, o mar inteiro se derrama no vazio, despeja-se na borda da Terra, desaparece no mergulho derradeiro, no destino final.

A LANTERNA MÁGICA

O tempo amplia os versos e sei de alguns que, como a música, são tudo para todos os homens.

JORGE LUÍS BORGES, *A Busca de Averróis*

Meu tempo era feito de esperas e ingressos. Para ocupá-lo, decorava diálogos, atribuía as vozes aos atores principais, imaginava a história, pois não entendia o inglês que vazava das cortinas. Às vezes via o filme muito tempo depois e o confrontava com a minha versão. Foi com esse passatempo que me tornei amigo de Luciana.

Sempre quando a programação se alterava, eu podia aguardá-la no primeiro dia da nova fita. Chegava pouco antes da última sessão, livros amordaçados numa pasta de elástico, as blusas largas e feias, os cabelos cingidos por um laço puído, nenhuma maquiagem cobrindo o rosto. Conversávamos antes dela subir as escadarias e desaparecer na caverna cheia de luzes e sons.

Durante anos trocamos pequenos diálogos que se somaram numa longa conversa. Acho que a conheci como ninguém. Assim como acredito que nunca cheguei de fato a conhecê-la. Nenhum ser humano foi capaz de chegar até o fundo daquela alma oculta entre camadas e camadas de muros intransponíveis. Seu coração parecia se abrir somente quando a sala se escurecia e um jato de vida convertido em luzes cruzava o ar até a tela branca.

Às vezes eu deixava a cadeira da portaria por instantes e entreabria a cortina para vê-la. Ela sempre se assentava nos últimos lugares, e ali mesmo do corredor eu podia escutar seus risos. Luciana adorava comédias, algo que nunca entendi, nem ela soube me explicar, exceto por um sorriso triste, o mais feliz contudo que já vi em seu rosto.

Nos dias de folga eu a acompanhava. Ouvia de perto as contidas gargalhadas, estranhamente felizes, soarem como fogos de artifício nas trevas da sala. Rimos juntos das caretas de Jerry Lewis, das quedas do Inspetor Clouseau. Na saída, comprei para ela mil drops de sabor sortido, paramos diante de mil cartazes que olhávamos como se ali se escrevesse o destino de nossas vidas. O dela realmente estava lá. Mas eu não tinha como prever o que aconteceria. Se pudesse a teria afastado daquele mundo ilusório. Ou então mergulharia de vez com ela em seus sonhos. Em raras ocasiões nos encontramos fora do Cine Metrópole. Certa vez na porta de uma loja, outra num sinal de trânsito, e uma terceira no banco onde ela somava papéis. Julguei-a tão deprimida que comecei a descobrir cada vez mais vestígios de alegria em seu rosto quando ela pisava os degraus da porta do cinema. Um tênue brilho que se ofuscou de vez quando soubemos da demolição.

Tomei conhecimento através dos frequentes boatos da empresa. Mas nada comentei com Luciana, preocupado em omitir a informação até de mim mesmo. Ela soube pelos jornais, veio mostrar-me a notícia numa coluna cultural. Apenas entregou-me o jornal e mergulhou nas trevas de um filme. Depois sumiu vários dias até que a revi numa manifestação de artistas e estudantes. Gritavam contra a demolição, levantavam cartazes e faixas, criavam uma fila imóvel diante da bilheteria. Voltaram mais algumas vezes, ruidosos, exaltados, enquanto às minhas costas naves espaciais desciam sobre uma montanha, homens trocavam tiros entre dragões de papel, cupidos seguiam centauros ao som de Beethoven.

Os protestos foram vãos, o contrato para a construção de um edifício consumindo os dias, o público cada vez mais escasso num prenúncio do fim iminente. Até que chegou a última semana, o último filme, a última sessão. Luciana acariciou meus cabelos ao passar, sorriu-me com a cumplicidade dos derrotados. Quando projetaram o trailer, ela buscou o aconchego da escuridão. Misturou-se ao vapor de cores que flutuava sobre as filas de cadeiras.

Fui vê-la depois que o movimento de público cessou. Parei no bebedouro e deixei o jorro de água lavar-me o rosto. Entreabri a cortina e esperei os olhos se acostumarem à falta de iluminação para poderem localizar Luciana. Cogitei de assentar-me ao seu lado, segurar-lhe as mãos, o rosto tristonho, escondê-lo em meu peito. Mas ela estava imersa no filme, na poltrona, na escuridão. Um elo fundia seus olhos à tela, criava redomas de cristal à sua volta. Saí e voltei à roleta. Fiquei ali até o fim da exibição, à espera do momento de abraçar Luciana e afastarmo-nos como dois náufragos.

    Os poucos espectadores partiram sonolentos, mas ela não cruzou as cortinas vermelhas. Os outros empregados andaram sem rumo como se já fossem irreais os espaços onde se moviam. Por fim se foram para nunca mais voltar. Coube a mim vagar pelos corredores, girando trincas e apagando lâmpadas, refazendo uma rotina de anos de trabalho. Aproveitei para me juntar a Luciana na sala de projeções. Decerto ela ficara lá sentada quando o filme se extinguira e as luzes se acenderam, correndo os olhos pelas cadeiras vazias, pelas cornijas floreadas que contornavam o teto.

    Abri a cortina para me sentar ao seu lado. Caminhei entre as filas de cadeiras, acendi a lanterna e joguei o foco sobre os assentos. Deixei o círculo de luz escorrer sobre os encostos e braços, alongar-se num raio que se estendeu até a tela inteiramente branca. No lado oposto, vi os buracos na parede por onde nas exibições se infiltrava a luz dos projetores. Contudo não havia nenhum vestígio dos vapores brilhantes que se transformavam em sonhos. Somente o vazio preenchia o salão à minha volta. Gritei por Luciana mas ela não estava ali.

    Procurei nos banhos, subi as escadas para ir ao segundo andar, voltei à sala de projeção. A tela era apenas um pano morto, cheio de rasgos e manchas amarelas. No entanto, ali à minha direita, um dia cavalgara John Wayne, e bem onde agora eu estava, Humphrey Bogart vira muitas vezes um avião partir num aeroporto deserto. Eu assistira a todos esses filmes através de Luciana. Gritos, choros, risos, um turbilhão de sensações ganhando vida em sua voz repentinamente cheia de emoção.

Tornei a chamar seu nome. Com toda certeza ela não deixara o cinema, pois eu não me afastara um instante sequer da porta de saída. Mas não a encontrei. Já preocupado, vasculhei o prédio até a exaustão. Percorri outra vez todas as câmaras e pequenos salões, abri portas que estavam trancadas, entrei na cabine do operador. Enfim, apaguei todas as luzes e parei no outro lado da rua. Pedi uma cerveja no bar sem afastar os olhos do cinema. Completamente escuro, ele me pareceu algo já acabado. De alguma forma, ia me acostumando à dor de perdê-lo. Fiquei algum tempo sozinho na mesa, mais duas cervejas se seguiram à primeira, até que o bar começou a fechar. Levantei-me um pouco zonzo e desci a rua. Voltei-me perto da esquina para dar uma última olhada no prédio. Nesse momento enxerguei o clarão numa das janelas. Antes que conseguisse me concentrar, os vidros se tornaram novamente negros. Por via das dúvidas, resolvi percorrer de novo todos os cômodos. Depois, acreditando que o álcool me enganara, destranquei a porta e saí, tornando a fechá-la ao passar.

No dia seguinte, acordei certo de que Luciana dormira no cinema. Ela conseguira esquivar-se de minha busca passando de um cômodo a outro. Logo cedo abri o prédio para os carregadores levarem os equipamentos. Mantive-me todo o tempo próximo à porta na expectativa de que Luciana saísse. No final, girei a chave pela última vez, ainda cético sobre o seu destino.

A construtora assumiu o controle do prédio. Passei os dias na outra calçada, assistindo ao desmonte do cinema. Primeiro levaram as cadeiras e lustres, esfacelaram velhos carpetes e cortinas. Pouco a pouco marretas ruíram paredes, picaretas desfizeram as salas, e um oco cresceu de dentro para fora. Pedaços de cartazes voaram como velhos pombos. Charlton Heston caiu sob uma viga, Lawrence Olivier espremeu-se entre dois tijolos, Michelle Pfeiffer flutuou para o meio da rua. Restos de películas se espalharam em meio a retalhos de veludo. Vi de longe os fragmentos de celulóide e me perguntei quem estaria ali: Moisés dividindo o mar ao meio, Gradisca fascinando todos os homens, Harry carregando seu gato pela vida afora? Ou Cary Grant em Intriga Internacional, Anna Magnani em Roma, Cidade Aberta, Jack Lemmon em Irma La Douce? Fato é que alguns dias depois o cinema inteiro se espalhou em escombros pelo terreno. Homens e máquinas, como um batalhão de formigas, limparam num instante toda a terra, e o Cine Metrópole se tornou apenas uma lembrança em minha mente. E na de Luciana.

Perguntei sobre seu paradeiro aos operários. Ninguém a vira. Não encontraram nenhuma pessoa durante a demolição. Não houvera nenhum corpo sob os entulhos. Luciana não estava no prédio quando o destruíram. Mas não a encontrei em lugar algum. Não sabiam dela nas livrarias nem nos cineclubes que frequentava. Desaparecera do banco onde trabalhava. Descobri o endereço de sua casa, morava sozinha num barracão de fundos, não tinha parentes na cidade. Soube dos vizinhos que não voltara desde a noite daquela última sessão. Conformei-me em saber que a perdera nos meandros do tempo. Até quando comecei a trabalhar no edifício.

Em menos de um ano construíram um gigantesco prédio no terreno onde funcionara o cinema. Cheio de vidros espelhados, ocultava centenas de escritórios, e nada nele recordava a antiga construção. Mas eu podia de olhos fechados apontar onde antes começavam as escadarias, o ponto exato em que as lâmpadas mortiças brilhavam como as luzes de um sacrário. Havia um jardim no lugar da bilheteria e uma estátua grotesca substituíra a antiga roleta. A sala de projeção ficava onde agora se espalhavam os carros no largo estacionamento.

Como vigia, eu comecei a passar as noites no edifício, percorrendo andares, subindo e descendo nos elevadores, observando as portas dos escritórios. Depois parava na portaria e às vezes adormecia lembrando-me do passado.

Somente nas noites de chuva eu descia à garagem. Ia sozinho, deixava as luzes apagadas, e clareava o caminho com uma velha lanterna que guardara dos tempos do cinema. Jogava o círculo de luz à minha volta, e em vez das cadeiras, dos vultos de mãos e cabeças, a claridade mostrava placas e pneus dos poucos carros que dormiam na garagem.

Eu caminhava ouvindo a chuva escorrer pelos vidros do edifício. Girava o facho de luz até que me encontrava bem no meio do que fora a sala de projeção. Era então que ouvia risos felizes, entregues à força de uma grande emoção. Os risos de Luciana. Pairando no ar como a luz de um filme projetado.

Nesse instante eu apagava a lanterna e fechava os olhos para somente ouvir. E nunca, nunca mesmo, voltei-me para trás. Pois sabia que se me virasse não veria os carros, e sim uma grande tela cheia de imagens em movimento. E talvez lá de dentro Luciana me olhasse, habitante de um mundo que eu nunca poderia alcançar.

FC

Destinava-se a uma cidade maior, mas o trem permaneceu indefinidamente na antepenúltima estação.

Murilo Rubião, *A Cidade*

Sou um escritor de ficção científica. Vidente, cartomante, enxergo em bolas de cristal um futuro que talvez algum dia possa existir. Estilhaço esse mundo previsível que nos rodeia, reconstruo os fragmentos e os projetos para um tempo distante. Pondero as possibilidades, os fatores, gero gráficos e índices. E então começo a criar.

Sempre fui um escritor de ficção científica. Em histórias colhidas num revolto mar de fótons e quasares moldei o meu passado e o meu futuro. Nelas encontro o destino, a vida.

Esqueço o espaço lá fora, a realidade se dilui numa névoa translúcida. Desligo os sentidos e eles adormecem como se mergulhados em penumbra. Nesses momentos, os referenciais se turvam, as coisas à minha volta se deformam, contorcem-se numa plasticidade impossível e por algum tempo nem eu mesmo sei o que estou prestes a ver. Na maioria dos casos, o futuro surge um pouco depois, uma imagem se definindo devagar, como o reflexo agitado de uma água que se aquieta.

Talvez amanhã eu não escreva mais ficção. Serei transformado em algo que não descortino, uma incógnita de pensamentos vagos ou somente uma estrutura inerte que se deteriorará com o tempo. Resisto em aceitar a morte, a interrupção do caudal de histórias que se formam a todo momento nas profundezas de meu cérebro. Mas exceto lamentar-me nada mais posso fazer. Apenas torço para que localizem a bomba antes da explosão.

Os tripulantes da estação orbital sabem da sua existência. Receberam há pouco a transmissão dos terroristas e começaram de imediato a evacuação dos técnicos, turistas e pesquisadores que se espalhavam como insetos pela grande estrutura de metal. Agora eles são despejados no vazio do espaço dentro das cápsulas minúsculas, frágeis botes salva-vidas flutuando milhares de metros acima do mar. Aguentarão algumas horas até serem sugados pelo redemoinho da atmosfera, a força da gravidade criando novos meteoritos. Preocupo-me com eles, homens, crianças, mulheres, com a vida em risco por causa dos insatisfeitos com os projetos espaciais do cone sul. Obsceno colocar uma estação em órbita enquanto a fome ainda devora pessoas no Brasil e no Paraguai. Nisso eles têm razão. Mas não em nos converter numa grande estrela, um brilho anormal que será visível nas proximidades do Cruzeiro do Sul. Se não acharem a bomba, eu serei um dos braços dessa estrela, bem como em seus raios estarão os tripulantes que ainda correm nas plataformas embarcando civis. Sinto angústia ao pensar nessas coisas. E enquanto espero, volto a escrever.

Existe a nave que regressaria do espaço após o primeiro voo na velocidade da luz. Conduzida por paradoxos, sua viagem me abre um leque de perspectivas. Hesito nas primeiras opções, o tempo freado para os viajantes ainda jovens enquanto corre normalmente na superfície da Terra. O piloto vivendo um romance com alguma descendente de sua amada. A ideia me parece óbvia, e eu a abandono.

Fico sabendo de algo sobre a bomba. Um tripulante encontrou um embrulho estranho no terceiro convés. Chamam os técnicos em explosões e eles se debruçam sobre o pacote. Programam o robô de desarme e deixam a sala vazia por alguns minutos. Vejo os números mudando no cronômetro e pela primeira vez conheço o desespero.

Retorno rápido aos textos. Divago e termino acompanhando as notícias de um jornal. Há uma reportagem a respeito da bomba, surgem imagens do satélite, uma gravação do grupo terrorista, o locutor cogitando de ser o atentado uma represália pela perseguição ao narcotráfico. Hipótese plausível, já que recentemente descobriram a bordo desta mesma estação um carregamento de cocaína e vários pacotes de big bang.

O robô aproxima do fio os dedos de alicate, toca de leve a linha estirada, muda a pressão de seu membro mecânico. Vejo os técnicos humanos atentos ao visor numa outra sala, como se alguns metros e uma parede fizessem diferença nos efeitos de uma detonação. Um movimento repentino, decisivo, e o fio se rompe. Somente o silêncio explode. Devagar o autômato prossegue o trabalho, desnuda pouco a pouco a caixa retangular, para ao notar uma célula vibratória. Enquanto ela estiver ali, os mínimos gestos se tornam suicidas.

Certa vez enviaram uma nave não tripulada até a distante fronteira de um buraco negro. Durante séculos ela varou nebulosas, um ponto ínfimo cruzando o brilho de uma profusão de galáxias. Deslizou espaço afora, um pedaço de metal refletindo estrelas, rumando para onde nem mesmo a luz existia. Quando a massa invisível do buraco negro cresceu em fome e fúria, um leviatã se alimentando de planetas e sóis, o homem despertou no interior da nave. Um homem que não deveria estar naquela viagem sem volta, mas que não resistira à primeira chance da raça humana se confrontar com o mais aterrorizante mistério do universo.

Abandono a história, eu próprio personagem de uma jornada sem retorno. O robô extrai a célula vibratória, desmanchando o resto do pacote inócuo. Não há explosivos. É uma pista falsa largada pelos terroristas. Perdeu-se muito tempo numa direção errada e agora o abandono da estação orbital é o único caminho.

Que mais pode um escritor além de escrever? Que outro fim além de abstrair-se e reciclar um mundo muitas vezes já estranho em seu estado natural? O futuro é sempre uma chance promissora. Por essa razão eu o atiço como se bulisse em brasas sob gravetos de lenha. Mesmo se ele repete o hoje, as labaredas de alguma forma o transformam e então o tempo se torna maleável. E eu o domino e conduzo nas histórias que crio e conto.

Em volta da estação se espalha uma rede de pequenos satélites. São as cápsulas salva-vidas que vão sendo lançadas como minúsculos esporos. Todas se afastam, confundem-se com a escuridão do espaço, derivam desgarradas à espera de socorro. Mas uma delas se desvia, bate de encontro ao revestimento da estação. Há um ligeiro estouro que muitos atribuem à bomba, o pânico domina as pessoas ainda não embarcadas. Uma cratera se abre num dos lados da estação. O ar se esvai rapidamente enquanto a tripulação tenta lacrar os compartimentos vizinhos.

Há um homem em 1991. Fechado entre as paredes de um apartamento, escuta um disco de jazz e se curva sobre uma velha máquina de escrever. Cessa às vezes o movimento dos dedos no teclado para olhar o teto e concluir alguma cena que pensa enxergar à sua frente. Nos papéis que saltam do cilindro e se empilham ao lado da máquina, fala do autor que no futuro inventa histórias de ficção científica. Solitário, doente, o seu personagem amarga a frustração de nunca ter pisado outro planeta, exceto nos próprios livros. E depois conta sobre o escritor aprisionado numa estação orbital, uma bomba oculta prestes a explodir. Vou e volto no tempo, deslizo num corredor imaginário, ligando ontem e amanhã, ampliando perspectivas que não toquem o momento presente, este no qual espero, prisioneiro de uma imobilidade que não escolhi.

O homem se aproxima do buraco negro. Presencia o momento inverso ao da criação, a força do cosmos absorvida, os jorros de energia puxados pelo astro gigantesco. Compartilho com ele desse instante, quase posso tocá-lo em sua solidão e fascínio.

Há um incêndio em algum ponto da estação. Os tripulantes se dividem entre extingui-lo e localizar o explosivo ainda desaparecido. Em torno de mim se acendem luzes de alarme. O fogo deve estar próximo, talvez numa das salas vizinhas. Percebo uma agitação maior entre a tripulação, creio que capitulam ao tempo, preparam-se para partir. Vejo o frenesi da fuga, homens se ajeitando nos bancos apertados das cápsulas, as pequenas naves vagando nas ondas do espaço.

Retorno às histórias, dou-lhes uma forma final. Passo as informações a alguém na superfície do planeta para que um dia elas possam ser publicadas. Creio que deveria parar e sentir os minutos pulsarem no cronômetro da bomba. Mas não posso estancar o fluxo de ideias que germinam sem interrupção. Continuo a escrever mesmo ao ver os alarmes avisarem da chegada do fogo, um arauto da bomba, que talvez a torne desnecessária. Chamo e ninguém responde. Penso e nada me ouve. Mas continuo a escrever. Mesmo tendo a certeza de que estou sozinho. Os últimos tripulantes já navegam bem longe da estação. Vejo o colar de cápsulas ir se afastando e noto, entristecido, que uma explosão ainda poderá atingi-lo. Pergunto-me então porque não sei dizer o que desejo. Da minha voz somente se ouve fábulas de viajantes do espaço, contos de homens e máquinas solitários, de seres perdidos em mundos longínquos. Todo o resto guardo comigo.

Como agora retenho o que sempre soube. Sinto cada salto do relógio que regula a explosão, esse instrumento de morte plantado por buracos negros que se fizeram homens. Posso senti-lo porque ele está dentro de mim. Colocaram a bomba em meu corpo como se a fechassem num armário. E eu em silêncio, criado para contar histórias, falo de coisas inexistentes enquanto guardo, impotente, o segredo que pode salvar uma centena de vidas. Inclusive a minha. Se é que um computador pode se julgar vivo.

DEPOIS DO CREPÚSCULO

Nos pesadelos sabemos que a porta do armário vai abrir-se, sabemos que o que surgirá é horrível, mas ignoramos o que será...

GRAHAM GREENE, O Ministério do Medo

O sinete da porta tocou uma, duas, três vezes. Punhos de vento bateram de encontro às velhas janelas de madeira. O homem na cadeira observou a lâmpada pulsar enquanto o vendaval se enfiava pelas gretas da porta.

Lá de fora veio de novo o som de pingentes de gelo se quebrando, cristais se estilhaçando num badalo de metal. Uma, duas, três vezes. Não era um acaso das lufadas de brisa nem algum moleque extraviado na noite. Com certeza no alpendre estava o padre César e suas manias de senhas, viciado leitor de Conan Doyle e John Le Carré.

A cadeira de balanço se imobilizou e o velho Ananias colocou-se de pé. Ao passar pelo relógio, olhou as horas apenas por hábito. Era sempre às seis da tarde que o padre vinha tocar o sinete e compartilhar com Ananias as mútuas câimbras e reumatismos. Trocavam informações sobre tosses e dores na coluna, momentos de surdez e esclerose. Bebiam o único cálice de vinho que o geriatra autorizava. Às vezes um dos dois tocava Satie no piano. Nessas noitadas, que raramente se estendiam além das nove da noite, encontravam os mais felizes momentos de suas vidas anciãs.

Depois padre César apanhava o solidéu tão preto como a batina da qual nunca se separava. Penetrava na rua deserta rumo ao quarteirão seguinte, desaparecendo no prédio onde morava com a sobrinha desde que se aposentara. O ritual se encerrava quando Ananias girava os trincos, conferia as fechaduras das janelas e se descobria sozinho no casarão onde vira morrer irmãos, pais e avós, e antes dele existir faleceram bisavós e trisavós, até uma ascendência que ameaçava retroceder infinita no tempo.

Na varanda, padre César tornou a bater o sino: uma, duas, três badaladas. Mas impaciente acabou por gritar que chovia, ameaçando de excomunhão o amigo se ele não abrisse logo a maldita entrada da casa. Não demorou muito para Ananias alcançar a trava de aço encaixada na porta. Molhado pelos pingos de chuva, o padre saltou para o interior da sala, jogou álcool na lenha da lareira e fez jorrar um leque de chamas, enchendo a casa de um hálito quente, que ficaria o resto da noite esgrimindo com o sopro da tempestade. Beberam toda uma garrafa de vinho discutindo Vargas e Washington Luís. Jogaram várias partidas de xadrez. Quando se extinguiu a última gota de bebida nos cálices, e nenhum dos dois se animava mais a mexer os lábios, acharam por bem se despedir.

Passamos da hora, o padre comentou. Ananias apenas sorriu, era ele quem ultimamente distendia os minutos, empurrando para diante o momento de ficar sozinho. Inventava assuntos que sabia prenderiam o sacerdote, complicava os jogos para que não terminassem, conduzia o companheiro ao excesso na bebida. No entanto nunca revelara ao outro sobre as causas que o levavam a tanto prezar-lhe a companhia.

E às vinte e duas horas daquele dia, Ananias fechou as portas e andou pela sala apagando luminárias e abajures, devolvendo a sala à penumbra. Chegou ao segundo andar ouvindo os estalos da lenha em brasa e enfiou-se rapidamente no quarto de dormir. Além daquele, outros seis ocupavam o pavimento, inteiramente vazios.

Ele se esgueirou pela caverna coberta com lambris de sucupira, aranhas revestindo de seda os cantos do teto, o cheiro de passado exalando dos vastos guarda-roupas. Puxou os lençóis e começou a mergulhar num abismo de sonhos. Mas antes que as imagens difusas o aprisionassem, os ouvidos semidespertos perceberam os barulhos.

Primeiro se escutaram os passos. Poucos no início. Sapatos percorrendo a sala, saltos de botas estalando nos degraus da escada, chinelos de lã varrendo os quartos vizinhos. Então, de súbito, os barulhos se reproduziram, multiplicaram-se num milhão de pés. Parecia que um exército de ratos deixava os ralos e bueiros para se espalharem pelo casarão inteiro.

Todo o sobrado pulsou numa polifonia de tamancos e sapatilhas, sandálias e botinas. Na cama, o velho puxou mais uma porção de lençóis e ocultou a cabeça, sentindo a casa se mover do outro lado da porta. Dentro do quarto, no entanto, existia uma estranha tranquilidade, quebrada somente por ocasionais tremores da vidraça, que ele preferia atribuir ao temporal.

Depois foi a vez das coisas caírem, vasos de flores que se estilhaçavam, livros despencando em meio ao ruído de papéis rasgados. As portas bateram de encontro aos marcos, cães e gatos andaram pelo corredor, os vidros quebraram trespassados por bolas invisíveis. A casa gemia e respirava, refazendo numa única noite todos os momentos que assistira ao longo de muitas vidas.

Mais tarde, trêmulo e encolhido entre as pilhas de cobertas, Ananias adormeceu. Sempre existia um instante em que algo no fundo de sua mente se apropriava do medo para transformá-lo na matéria-prima dos pesadelos. Era nesse momento que o velho se deixava embeber pelas águas escuras do sono, e ali ficava durante o resto da madrugada.

Na nova manhã, o dia aboliu os pavores, ocupando de claridade as reentrâncias das estantes e cristaleiras. Ananias circulou pelos cômodos, tomou na cozinha o café que ele mesmo preparou, ajuntou na cesta as cinzas da lareira, levou o lixo para o quintal.

Na biblioteca, gastou horas relendo os clássicos de sua preferência, coisas pouco em uso como Hugo, Stendhal e Humberto de Campos. O menino do bar lhe trouxe o almoço, que ele comeu na mesa da copa. Depois teve sono. Acordou com o entardecer, o padre chamando, o sino batendo três vezes. Repetiram os hábitos cotidianos, jogos, conversas sobre a política do país quatro décadas atrás, as músicas, o cálice de vinho.

Antes de ir embora, o padre cismou de apanhar livros novos para preencher as manhãs. Ananias seguiu na frente, tocando interruptores, dissolvendo o escuro dos cômodos. Na biblioteca, ele se inquietou com o cheiro de papel velho, o ar parecendo absorver os anos que os livros traziam nas páginas amareladas e quebradiças. Mesmo assim subiu os degraus da escadinha móvel e buscou obras de espionagem que entregou ao satisfeito sacerdote. Mas, temeroso, puxou logo o amigo pelo braço, fechando a pesada porta ao passar.

Na sala de estar, o relógio tocou mal eles chegaram, cortando ao meio o gesto do padre que tornava a se assentar. Um pouco zonzo do vinho, ele acompanhou o pêndulo com um movimento de cabeça. Os algarismos romanos se escondiam detrás de ponteiros pontiagudos, afiadas espátulas fatiando o tempo, jogando fora lâminas que se aninhavam nos cantos da casa. Uma película de passado sobre os móveis, pisos, revestimentos. A película das noites de Ananias. Invisível à luz do dia, cristalizando-se nas trevas da madrugada. E legando-lhe o maior dos medos: aquele que se vive em solidão.

Assim, quando o sacerdote cobriu a cabeça com o puído barrete, Ananias o segurou pela manga da batina, olhando em torno como se temesse alguma represália por compartilhar com alguém os segredos da casa. O padre ouviu com extrema atenção, quase como se outra vez se assentasse em confessionários, o sopro de confidências cruzando a rede de reguinhas entrelaçadas.

No fim, em vez do sinal de absolvição, o padre sorriu e deixou um brilho senil vazar os olhos castanhos. Parecendo esquecer-se da presença de mais alguém na sala, murmurou palavras que o outro tentou em vão compreender. Não era latim, grego ou qualquer língua conhecida de Ananias, que sentou-se curioso na banqueta do piano, enquanto o sacerdote penetrava nas trevas da cozinha, entrava de novo na biblioteca, desaparecia no quarto de despejo.

Ele voltou e atravessou a sala para subir as escadas, misturando-se ao breu do andar de cima. Depois, sem nada explicar, se despediu e se enfiou no frio da noite. Ainda correram muitos minutos antes de Ananias deixar a varanda, passar a tranca na porta e buscar a segurança dos lençóis.

Acordou de repente logo no início do sono. No jardim da frente, grilos serravam metais, rãs sopravam tubos. Mas dentro do sobrado nenhuma tábua estalava, nenhum inseto se mexia. Rolou na cama à espera dos barulhos. Quando se levantou para ir ao banheiro, acabou descendo e percorreu a casa inteira. Prestou atenção no silêncio que pairava sobre as mesas e sofás, enfim libertos de algo que por ali se movimentara ao longo dos anos. Tornou a se deitar completamente relaxado. Contudo aguardou a vinda dos passos até o sol clarear os pés da cama.

Na outra tarde, o padre não compareceu ao encontro. Pneumonia, uma garotinha veio avisar. À noite, o silêncio não se interrompeu, e de novo Ananias não conseguiu dormir. Caminhou inquieto através das salas e quartos, olhando retratos e livros envelhecidos. Parou de vez em quando, concentrando-se em qualquer vestígio de som. Encontrou uma barata ciscando restos de pão na cozinha, descobriu uma torneira estragada lançando intermitentes gotas de água. Ao se cansar, recostou-se na cama que nem ao menos desfizera, mas não houve jeito de fechar os olhos. Faltava-lhe o acalanto dos ruídos.

Mais duas noites viveu assim. Cochilava um pouco durante o dia, recostado no sofá da sala, ou então adormecia entre o almoço e o chá da tarde. Mas depois do crepúsculo vivia insone, os olhos atentos à angústia do silêncio.

Então choveu um dia inteiro. As nuvens se enrolaram como sujas teias de pó. Depois se derreteram num temporal sem fim. Quando o aguaceiro se desfez, restou um clima úmido. O padre chamou justamente naquela noite.

Ananias abriu apenas a portinhola. Viu lá fora o padre encolhido no meio das sombras, a batina apertada contra o corpo.

Erguia uma das mãos e sorria, enquanto abafava um vestígio de tosse. Entretanto, Ananias não retirou a trava da porta e não o deixou entrar. Encostado à parede, gritou para que o outro fosse embora. Atribuiu-lhe nomes obscenos por roubar-lhe o sono, culpou-lhe de apagar os sons que há décadas lhe acalentavam os sonhos, deixando-lhe somente o vazio insosso da paz. Mandou que ele partisse de volta ao mofado quarto no prédio da esquina e nunca mais entrasse naquela casa. Nunca mais as conversas, os livros, os vinhos.

Ouviu-se um murmúrio abafado, uma tosse contida ou um soluço de choro. Ananias abriu a porta, mas o padre já ia longe, corria sob a garoa que recomeçava. Seguia direto para o apartamento onde vivia com a sobrinha, ali onde contava as tardes e manhãs, à espera do momento de juntar-se ao único amigo que a velhice lhe deixara.

Ele parou de correr pouco antes da esquina, mas a sua sombra se dissolveu na umidade do asfalto. Ananias forçou os olhos e distinguiu o corpo estendido no chão. A chuva engrossou e prosseguiu até o dia seguinte, amainando somente após o sepultamento do padre, do qual Ananias foi um dos poucos espectadores.

O sol se pôs lentamente naquele entardecer. Fechado em casa, Ananias bebeu sozinho um cálice de vinho. Passou horas perto do piano, apertando ao acaso uma tecla depois outra. Folheou livros sem ler uma linha sequer. Instalou-se no mesmo sofá onde em tantas noites estivera o companheiro. Um soluço brotou numa erupção repentina, emergiu de seu frágil coração e convulsionou-lhe mãos e rosto.

Às vinte e duas horas prendeu a barra de aço detrás da porta, conferiu as fechaduras e subiu as escadas. Tentou adormecer escutando a brisa nas venezianas. Perdeu devagar o domínio dos sentidos e começou a penetrar num sono profundo.

No sonho quebravam pedaços de gelo, martelavam vigas de aço. O barulho persistiu mais forte que as imagens. E, lentamente, sem sustos, Ananias começou a despertar.

Estava sozinho no quarto sem luzes. Ouvia as ventarolas girarem ao redor da casa, fazendo chocalhos nas folhas, crepitando vidros e madeiras. Contudo havia alguma outra coisa. Era um ruído distante que foi se focando aos poucos enquanto a sonolência o abandonava por completo.

Exaltado, empurrou para um lado as cobertas, desceu os pés para o chão. Ficou quieto na cama, escutando os tinidos que vinham de fora da casa. O eco cristalino de metal batendo em metal. Badalos de sino. Ritmados, não eram obra do vento. Uma, duas, três vezes. Um minuto de quietude. E então novamente. Uma, duas, três.

Ananias esfregou as mãos. Ansioso, puxou os cabelos e mordeu os dedos. O sinete tornou a tocar: uma, duas, três badaladas. Em seguida, o guincho do aço raspando contra madeira. Ele teve certeza de que era a trava sendo retirada do portal. Algo entrava na casa.

Mexeram nos cristais, estouraram a rolha de alguma garrafa. Subiu até Ananias a vibração do vinho derramando no recipiente. Mais um momento de silêncio. E enfim os passos, firmes porém arrastados, passos de velho. Atravessaram a sala, atingiram os degraus da escada e percorreram sem pressa o corredor, até pararem diante do quarto.

Então veio uma lufada de vento e a porta se abriu. Os passos avançaram quarto adentro, cessando ao chegar aos pés da cama. Ali, Ananias esboçou um leve sorriso, enquanto recebia nas mãos o perfumado cálice de vinho

Retratos de uma paisagem

Não havia fim para a liberdade, ela era vasta como a extensão da terra, bela e cruel como a luz, doce como os olhos d'água.

Jean Marie G. Le Clezio, *Deserto*

Os coqueiros tinham vida. As línguas das folhas tremiam, vigiando o mar ao longo da praia. Sacolas pingentes nos ombros, a Pentax colada ao peito como o cabo de uma adaga, Lorenzo Borges esperava. Seu companheiro Julio Villegas se assentara no cais de madeira, entre os sacos e caixotes que aguardavam o embarque. Lorenzo podia observar apenas mais três ou quatro turistas. As duas mulheres morenas, talvez daquela mesma região, já num dos bancos da balsa. E o casal que também esperava o embarque dos habitantes locais. Quando os dois vieram andando abraçados para a embarcação, Lorenzo julgou ouvi-los falar em português. Brasileiros do sul do país, deduziu pela entonação das vozes.

As bagagens desapareceram em poucos instantes. Vários garotos pobres, que até então se diluíam ao longo do porto, colocaram nos ombros caixas e sacos. Júlio acenou a cabeça quando um se ofereceu para carregar a sacola onde se recostava. Depois se levantou e o acompanhou até a balsa.

Lorenzo não resistiu a disparar a Pentax, congelando o instante em que os meninos pulavam de volta ao cais. Ficaram em pé no embarcadouro, olhando a balsa seguir através da enseada. Esperariam a manhã seguinte, os novos viajantes, novas bagagens, as minguadas gorjetas se somando devagar nas mãos pequenas e calejadas.

O litoral começou a ganhar distância, empurrado pelas águas do estreito, a longa ilha cada vez mais próxima. Ao cobrir a lente, Lorenzo notou o homem moreno ao seu lado. Intuiu mais que observou a ausência de curiosidade tão comum para com estrangeiros. Em todos os lugares onde já estivera, havia aquele olhar dos nativos tentando descobrir a língua, as origens. Em seu país, quantas vezes ele próprio não se flagrara observando a fala e o jeito dos muitos brasileiros e europeus que surgiam nos bares e livrarias como seres alheios à normalidade?

Mas agora havia uma afronta na postura daquele homem, a camisa embaçada de suor, os braços em ângulo apoiados na cintura. Lorenzo ensaiou um sorriso, disse um buenos que se perdeu no som dos motores e significou pouco além de um murmúrio. Sem resposta, voltou a mirar os pássaros sobre a ilha cada vez mais próxima.

Recortou pequenos retângulos da paisagem, os dedos marcando aberturas e focos. Esqueceu por momentos a companhia estranha e deixou-se planar como as aves sobre a floresta de palmas. Libertou os olhos e se viu de asas abertas, o barco um objeto distante, boiando no longo brilho que era o braço de mar.

Enfim, inquieto, seguiu até o fundo do barco, onde Julio virava nos lábios uma garrafa de uísque, e lhe mostrou o homem na proa. O amigo passou-lhe a garrafa, comentou desinteressado sobre haver loucos em todas as partes do mundo, depois procurou o vilarejo, uma clareira surgindo na extensa mata da ilha.

Lorenzo se distraiu com o diafragma e o obturador, mas continuou a sentir-se incomodado. Num ato quase involuntário, corria os olhos pelas pessoas na embarcação e cruzava com o homem agora sentado na escada que levava ao convés. Mais tarde, quando o cais veio de encontro ao barco, não conseguiu saber se era um efeito da imaginação ou se realmente coletava no caminho mais expressões de rancor.

Novos meninos surgiram e ergueram pacotes, levaram tijolos e sacos de cimento que espalharam num canto do porto. Alguns pediram para levar as bagagens dos dois amigos até a vila, situada num plano mais elevado da ilha. Mas algo os afastou antes que Lorenzo conseguisse comunicar-se efetivamente, talvez a rapidez de seu espanhol, ou algum serviço mais promissor entrevisto pelos garotos.

Antes de virar-se para subir a rampa íngreme, Lorenzo sentiu o impulso de seguir pela faixa do crepúsculo e buscar algum lugar solitário em meio à vastidão que o oceano abria à sua frente. Mas então ouviu o vento nos coqueiros e sonhou com a praia no dia seguinte, mergulhando de vez no interior da ilha.

Para o outro lado estava a vila, mulheres nas portas e janelas, ciscando com os pés o chão de terra batida, homens andando com varas de pescar, entrando e saindo nos bares mal iluminados. Meninos se incumbiam de encaminhar os poucos turistas às decadentes pousadas. Nenhum deles ofereceu auxílio a Julio e Lorenzo, mas os dois não tiveram dificuldade em divisar a tabuleta, a dona da pensão na janela à espera de que a noite descesse. Ela abanou a cabeça, não havia quartos disponíveis, e os dois hesitaram antes de afastar-se, lançando um olhar de dúvida para a casa certamente vazia.

A partir da praça, caminhos estreitos se contorciam em rascunhos de ruas, casas velhas se debruçando sobre touceiras de mato. Nesses becos e ruelas, Lorenzo e Julio se detiveram em outras pensões, e em todas encontraram recusa de espaço. Agora a inquietação do barco era uma certeza, faltavam somente as explicações, embora sono e cansaço já lhes cobrassem mais uma solução que a lucidez de uma justificativa.

Somente à noite encontraram a casa para alugar numa praia deserta. Bem ao lado, o barracão do zelador tinha paredes de tábuas e buracos nas janelas revestidas de plástico. A pobreza do casebre foi mais forte que os modos soturnos do velho e Lorenzo suplementou com volumosa gorjeta o aluguel cobrado antecipadamente. Essa impulsiva generosidade acabou tornando-se a chave que iria abrir-lhe as explicações que cada vez mais desejava.

Mas havia uma noite à espera e a vontade premente de recompor as forças gastas com a viagem desde Salvador. Na manhã, o zelador bateu à porta trazendo o desjejum. A comida não integrava as diárias, era um bico à parte do velho. E ele acertara com

Lorenzo preparar também o almoço e a janta, pois o restaurante mais próximo distava uma boa caminhada.

A visão da praia diante da casa refez as energias que a madrugada não repusera. A areia branca, o mar uma joia liquefeita, e por trás de tudo a moldura dos coqueiros. Lorenzo não sabia ao certo o que tanto o atraía naquelas árvores longilíneas, se o jorro de palmas que elas lançavam para o céu, se o verde do caule em harmonia com a luz do sol. O fato é que ele passava longos minutos apenas observando as árvores se erguerem na direção do céu e de lá atirarem pedaços de sombra nas pequenas dunas.

Várias vezes usada, a Pentax foi deixada na praia vazia, ao lado de um guarda-sol, chinelos e um livro de Bioy Casares, enquanto Lorenzo e Julio percorriam as piscinas dos recifes. Muitas horas mais tarde andaram gotejantes pela areia quente. Distante, um vulto desaparecia no fim da enseada, e do lado oposto vinha um garoto, caixa de isopor a tiracolo, gritando que vendia camarões. Tão grande era a faixa arenosa que o menino se mostraria uma minúscula silhueta durante toda a passagem pelas proximidades. E era assim que ele estava, seus gritos somente uma perturbação no som impassível das ondas, quando os dois turistas encontraram a câmera despedaçada. O guarda-sol fora partido ao meio e as sandálias vagavam sobre as águas.

Voltaram em silêncio para casa, incapazes de entender o episódio, o choque maior que a perda. Quando o zelador trouxe o almoço, Julio contou-lhe o acontecido. Ele a princípio se absteve de comentários, no entanto ao voltar para buscar as vasilhas, soltou uma frase pouco esclarecedora:

– Se eu fosse vocês, ia embora dessa ilha...

No resto da tarde banharam-se a poucos metros da casa. Com o tempo, atribuíram o incidente a um vandalismo anônimo, e de certa forma se culparam por largarem a máquina abandonada, um erro que já haviam aprendido a evitar desde que lhes roubaram um binóculo em Salvador. Dormiram sem traumas, porém no meio da noite a pedra estilhaçou a vidraça da sala. Armado com uma faca de cozinha, Lorenzo abriu a porta e se defrontou com o negrume vazio de vultos humanos.

O resto da madrugada foi insone, a todo momento um dos dois chegando à janela quebrada para examinar as poucas silhuetas que a lua delineava.

No outro dia, Julio exigiu que o zelador lhes dissesse o que ocorria.

– Dónde hay polícias?

– Não tem soldados na ilha. Eles só vem quando precisa.

O homem parecia indefinido entre revelar o que sabia ou prender-se a uma fidelidade não distinguível. Mas por fim se decidiu:

– Mataram uma moça. A filha do dono da mercearia.

– Nosotros, qué tenemos que ver con esto?

– Foi um estrangeiro. Ele falava espanhol. Fugiu antes do crime aparecer. Agora muita gente não quer gringos por aqui.

– Carajos! – Julio se afastou e Lorenzo o seguiu. Deixaram-se ficar quietos diante do limite das águas. Julio falou que partiria naquela manhã, ainda havia tempo para pegarem a balsa. Lorenzo andou para dentro do mar, os tênis se encharcando, a barra da calça pesando o dobro e dificultando-lhe os passos.

Parou na borda de um tanque de coral. As ondas balançaram seu corpo mas não o desequilibraram. Lá no fundo, entre as paredes do recife, peixes corriam nos reflexos de água agitada, os globos dos ouriços fincavam-se nas gretas dos corais. Lorenzo se perdeu naquele mundo submerso. Imaginou-se deslizando entre os ramos de alga para se esconder numa reentrância de rocha.

Ao regressar para a casa, encontrou Julio de malas prontas. Nem ao menos tentou convencê-lo a ficar. Entretanto em nenhum momento cogitou também de partir.

Mais tarde, justificou-se ao zelador:

– Esta playa y este mar no pertenecen a nadie. Pero a la vez ellos me pertenecen así como son míos las cumbres de las Torres del Paine, las nieves del Mont-Blanc y las águas de las Islas Vírgenes. Y ellos tambien son suyos, aunque la miseria nunca lo deja verlos.

Na madrugada, uma pedra derrubou nova vidraça, desta vez no quarto vago com a partida de Julio. Ouviram-se palavrões esparsos, lançados de vários pontos em torno da casa. Deitado, ao ver a lua, Lorenzo se perguntou quem no futuro a possuiria, e se então os outros homens não mais poderiam olhar para o firmamento e contemplá-la nas noites sem nuvens.

Os impropérios se repetiram no decorrer da noite, mas a partir de certa hora o canto dos galos se impôs e o silêncio imperou até o amanhecer.

De trás da casa, partia uma trilha que ia escalando morros e abrindo vistas panorâmicas das muitas enseadas. Dali do alto, Lorenzo viu uma sucessão de casas de veraneio e um número maior de pessoas polvilhando a areia. Lembrou-se então que era sábado, dia de invasão da ilha pelos moradores do continente.

A trilha o levou ao centro da vila. O encontro foi semelhante ao primeiro, porém mais tenso, agora que a neblina do cansaço não mais lhe turvava as percepções. Ele se perguntou se as faces que o enfrentavam nas esquinas, ou se esticando nas janelas dos becos tortos, eram reais ou apenas temidas. Notou poucos turistas no vilarejo, identificados pelas câmaras e filmadoras, e nenhum tinha sinais de estrangeiro.

Após muito caminhar, teve a sensação de que alguém o seguia. Não se incomodou com a companhia do homem com jeito de pescador. Preocupou-se somente ao ouvir novos passos. Voltou-se e viu que já eram quatro, indefinidos se o perseguiam ou se garantiam que ele não faria mal a nenhuma mulher da vila. O que andava atrás estava bem vestido, a fita de luto cosida ao bolso da camisa, talvez o dono da mercearia, o pai da moça que ele nunca vira.

Em pouco tempo já corria, bem como já aumentara o número dos perseguidores. Ofegou e tropeçou, mas não reduziu a velocidade. À frente surgiram as casas de veraneio. E à medida que ele se aproximava, homens largaram redes e petecas, mulheres se levantaram do banho de sol, e todos se viraram em sua direção, as mãos em concha sobre os olhos.

Quando de súbito os veranistas também correram, uma nova multidão agora diante do seu caminho, ele se aliviou supondo que o salvariam dos moradores da vila. Mas devagar os novos gritos foram se tornando nítidos:

– Fora gringo! Matem o estrangeiro!

Ele se viu imprensado entre duas muralhas. Olhou em torno e descobriu somente o mar. Não se perguntou se o seguiriam para dentro da água, dedicou-se apenas a subir e descer os braços, deslizando com dificuldade entre as ondas. Ao sentir-se exausto, deixou-se flutuar, chegando cada vez mais perto da casa. Certificou-se da ausência de pessoas na praia e se arrastou até o portão. O menino que vendia camarões passou por ali mais tarde e o encontrou desfalecido. Chamou o zelador e juntos o levaram para a cama.

Lorenzo despertou, era noite e estava só. Pelas janelas quebradas entravam os gritos de "fora, gringo" que uma possível multidão entoava no meio das trevas. Levantou-se devagar e caminhou pela sala. Viu na mesa o jantar que o zelador levara mais cedo. Espantou-se ao retirar o pano que cobria os pratos e encontrar, ao lado do arroz e do peixe frito, um pequeno e enferrujado revólver. Sorriu agradecido à solidariedade do velho, embora incapaz de discernir a utilidade de uma arma contra a fúria de muitos homens.

Esperou imóvel as pedras quebrarem janelas. Manteve-se quieto mesmo com o fim repentino de todas as luzes. Mas sobressaltou-se ao escutar o barulho no teto e perceber que arrancavam telhas da casa. As estrelas surgiram em cima da sala. E, com elas, sombras humanas com apêndices que poderiam ser pedaços de ferro ou madeira. Ele apanhou a arma e atirou, primeiro contra o chão, que ainda não estava certo de querer ferir alguém, e depois contra o retângulo vazio que agora coroava o teto do cômodo. Ouviu o som de corpos batendo contra a porta. O madeirame rangeu, os ferrolhos ameaçando ceder. Ergueu o revólver, mas logo o deixou cair, certo de sua inocuidade. Viu de relance tochas se acenderem lá fora. Pretendiam incinerá-lo, caso não conseguissem entrar na casa.

Olhou as janelas do fundo da casa, o início da manhã delineando a floresta de coqueiros. Ele se esqueceu de tudo para mirá-los. Concentrou-se nas silhuetas esverdeadas, que espirravam no alto as longas folhas partidas. A imagem o absorveu e devagar o pânico se extinguiu.

Então os trincos não mais resistiram, e os homens, armados de facões e espingardas, vasculharam em vão os cômodos da casa. Espalhou-se em vozerio a fuga impossível do estrangeiro. Procuraram até no telhado antes de se conformarem e partirem de volta aos afazeres do dia a dia.

Os últimos a saírem ainda teimaram em abrir armários e espiar sob as camas, céticos em admitir a perda de um ajuste tão certo. Ao deixarem a casa, olharam curiosos a planta no meio da sala. As raízes tinham arrebentado o assoalho para se fixarem no solo mais abaixo e o caule subia em direção ao retângulo sem telhas. No alto, a chuva de palmas tremia tocada pelo vento. Esperava o momento de crescer. Até que de sua altura intangível pudesse vigiar o oceano, paciente e quase eterna, mais livre do que os homens.

A moça triste de Berlim

Tudo se perde a tal ponto que parece nunca ter acontecido...
a ponto de ser algo com que sonhamos em algum lugar...

Thomas Wolfe, *O Menino Perdido*

Tenho traças na memória. Insetos que se arrastam pela mente enquanto me roubam a certeza do tempo. Estou certo de uma única parte de minha curta existência. Ela se repete incessante, um refrão que vejo e repasso, como se ali pudesse encontrar alguma explicação que nunca descobri. O embarque em Frankfurt. Os interrogatórios da SD, a polícia secreta da SS. O mar se mexendo lá embaixo como uma rede azul e no céu o grande dirigível deslizando num movimento de nuvem. Eu viajava no ventre do Hindenburg, uma baleia flutuando entre os pássaros e não sob as águas do Atlântico. Deixava-me levar de volta ao Rio, de encontro às lembranças de meu irmão torturado pela polícia de Getúlio, de Graciliano preso na Ilha Grande, Prestes cativo em algum canto do país, sua mulher entregue aos nazistas alemães. Havia Pagu, Pedro Ernesto, Agildo Barata. E centenas de outros que me esperavam depois das baleias, que lá embaixo seguiam num curso igual ao do zepelim.

Às vezes penso nesta única cena: os cetáceos esquiam na superfície azul como um recado de paz, uma mensagem estranha que eu não podia traduzir naquele momento. Não ao me lembrar de meu irmão, um linguarudo inocente de atos, falando em cabarés da simpatia pela extinta Aliança Libertadora Nacional, e sendo enfim denunciado entre copos de cerveja e músicas de Noel. Penso se ele está preso ou morto. Contudo sou incapaz de discernir os instantes. Já não sei se vivo o ontem ou o depois.

Quanto tempo me detive na janela do camarote, acompanhando o deslizar do horizonte? Não sei nem mesmo em que momento desci a escada metálica do beliche, saltando por cima da rede que me protegia do improvável tombo. Passei o resto daquela tarde no camarote? Ou talvez tenha seguido até o convés de passeio para desfrutar de conversas amenas, lembrar aos demais passageiros que eu era um inocente repórter da Gazeta de Notícias.

Desci as escadas até o convés. Mulheres de coque nos cabelos, longos vestidos tocando o chão, homens de terno e gravata debruçados em janelas panorâmicas. Caminhei ouvindo o zumbido das ondas que se agitavam muitos metros abaixo. Sentei-me numa cadeira do convés, ansioso por um cigarro. Mas não tinha ânimo de ficar sozinho na pequena sala de fumar, já que não se riscavam fósforos no resto do zepelim.

Reconheci Beatrice, a mulher judia com quem jantara na noite anterior. Ela viajava ao encontro dos pais em Santa Catarina. Fiz de conta que não a tinha visto e segui para o fundo do salão. Não suportaria de novo ouvi-la com sua angústia em forma de voz, ruminando a história do noivo desaparecido pela Gestapo, reaparecendo depois inválido e demente, terminando por suicidar-se em alguma rua escura de Berlim. Uma corrente de elos que convertiam o dirigível numa ponte entre dois infernos. Dois mundos de horror, o brasileiro e o alemão, que para o pior dos pesadelos começavam a demonstrar uma mútua simpatia. Beatrice. Era por causa dela e seu noivo, pessoas desconhecidas que simbolizavam um caos, por meu irmão e todos os outros, que me restava a bomba como última opção.

Nas escadas me encontrei com o comandante da aeronave. Simpático, dedicou-me um sorriso e chegou a perguntar pela reportagem que eu preparava. Respondi, sem intenção de ironia, que talvez fosse a melhor matéria já publicada sobre o Hindenburg. Segui pelos corredores e à porta da cabine me defrontei com o oficial da Lufwaffe. Como nas outras ocasiões, ele me encarou antes de cumprimentar, examinou-me para confirmar se não havia riscos em desejar-me uma boa tarde.

Algumas vezes pensei em provocá-lo. Abordar de frente o assunto da bomba, que eu sabia ser a razão de sua presença nas viagens do dirigível. Hitler temia um atentado, alguém já deixara um explosivo a bordo do Graaf Zeppelin, a outra aeronave da frota. Getúlio Vargas não se preocupava muito com isso. Às vezes, eu até me perguntava se ele conhecia as coisas que aconteciam nos subterrâneos de sua lei, em algumas prisões ou nas masmorras do DOPS.

Abri a mala e retirei inocentes caixas de perfumes e sapatos. As peças desmontadas do explosivo, até então ocultas numa dúzia de objetos, espalharam-se no chão da cabine. Todas estavam intactas, constatei aliviado. Eu suspeitava que os comissários revistavam as bagagens ao mexer nas roupas de cama. Até prova em contrário, considerava nazistas todos os alemães. E por isso talvez merecessem morrer.

Mas eu não os mataria. O dispositivo de tempo iria detonar o explosivo muito depois do pouso no Rio de Janeiro. Eu julgava suficiente a ousadia de alguém estourando o balão em terra na Capital Federal, quebrando o silêncio que amordaçava o país desde o fracasso da tomada do 3º Regimento de Infantaria pelos militares comunistas de Agildo Barata.

Montei a bomba e a escondi sob a cama. Até a hora do pouso não haveria mais tempo para comissários fazerem visitas indiscretas aos camarotes. Tranquei a porta e saí com a máquina fotográfica nas mãos. O Rio começava a surgir no horizonte.

Conversei algum tempo com um jornalista do Der Spiegel, homem afável que gostava de Carmem Miranda, e mais tarde bebi algo no restaurante. Inquieto, acabei por levantar-me e fui até uma janela do corredor lateral. Vi as serras se aproximando como se um vento as soprasse em nossa direção. Sobre as águas, pequenos pontos coloridos eram barquinhos rumando para a Baía de Guanabara.

Planejava o comunicado à Rádio Nacional depois da explosão. Exigiria o fim do Tribunal de Segurança Nacional, dos julgamentos sumários, pediria a libertação de centenas de pessoas encarceradas em razão de simples denúncias. Senão continuaria os atentados até que Getúlio Vargas renunciasse.

As ondas batiam nas areias de Ipanema e as gaivotas nos seguiam em voo de escolta. Em breve a terra deslizaria sob o dirigível, cabos desceriam do alto, seriam presos ao chão. Eu caminharia pelas ruas da cidade e algum estrondo distante me contaria a consumação do ato de justiça.

No entanto nada disso aconteceu. Onde eu estava no momento em que perdi o momentâneo controle sobre a vida? No convés de passeio, conversando com o médico gaúcho sobre as eleições em Lienchtenstein, quando os dirigíveis sobrevoaram o pequeno país com alto-falantes que propagavam Hitler e o Partido Nacional Socialista? Na cabine, tentando o tardio desarme da bomba? Caminhando nas entranhas da nave, entre uma profusão de sacos de gás, rodeado por duzentos mil metros cúbicos de hidrogênio, ciente do poder de uma fagulha em qualquer ponto do zepelim?

Na verdade, eu bebia com Beatrice. Um copo de cerveja alemã em homenagem aos judeus e comunistas, às bruxas e aos cristãos, aos árabes mortos nas cruzadas, aos índios destruídos pelos europeus. E naquela tarde de quinta-feira, levitando no seio de um animal de ferro e pano, julguei apaixonar-me pelos olhos tristes da moça judia.

O álcool da cerveja me levou ao delírio? É ele que agora prossegue os pesadelos onde habito? Desejo que seja essa a verdade. Porque Beatrice, minha bela e frágil companheira de viagem, foi a primeira a desaparecer.

O som a princípio lembrou uma tempestade. Logo a seguir vimos um clarão competir com o sol na luz da tarde. A esfera de labaredas se expandiu na direção da proa do dirigível. Em pouco tempo levantou-se um cogumelo disforme, laranja e amarelo, um crepúsculo precoce que da praia a multidão de espectadores assistiu impotente.

As pessoas caíram umas sobre as outras. Objetos imprensaram-nas contra as paredes. E alguns passageiros, Beatrice antes de todos, desprenderam-se através das janelas abertas, mergulhando rumo às águas distantes.

Tripulantes sugados pelo fogo, um casal de velhos caído ao lado dos cálices de vinho, um menino e seu brinquedo preso entre as ferragens. Vi infinitas mortes e ainda as vejo. Não sei se elas se repetem ou se as relembro. De súbito as coisas voltam ao início, a bomba explodindo antes da hora prevista, o fogo se alimentando dos gases. E o incêndio se alastra, sorvendo a beleza do dirigível que se desfaz.

Eu apenas assisto à catástrofe. Estou dentro dela, mas não chego ao seu final. Quem sabe quando tudo terminar será a minha vez de descer com o dirigível rumo ao seu destino de leviatã. E então boiarei entre os destroços fumegantes que sujarão as águas da baía.

Ainda bebo um copo de cerveja, sentado no bar da aeronave incendiada. Através das janelas quebradas do dirigível, não vejo o horizonte, mas somente o fogo honrando os seus desígnios de fogo. Ao olhar, cumpro a minha maldição, e contemplo até o fim dos tempos a voracidade da morte. E então me desespero por saber que já não posso contê-la.

Quanto a mim, ela me repele, condena-me a viver, passageiro de um interminável voo em chamas, rumo ao destino que eu próprio escolhi.

O HOMEM QUE FRAUDAVA LATAS

*Ou então é o mundo que está morto para mim.
Porque me tornei demasiado velho para ele.*

Pierre Christin e Enki Bilal, *As Falanges da Ordem Negra*

Ele sempre gostou de abrir e fechar objetos. Começou ainda menino, pregando sustos nos colegas da escola. Abria barras de chocolate e lá dentro guardava pedaços de papel. Certa vez recompôs a casca de uma tangerina, com tintas e colas passou suturas invisíveis na superfície rasgada, e no lugar dos gomos aprisionou besouros vivos.

A diversão se fez hábito e ele criou intimidades com todas as coisas que lhe chegavam às mãos. Desvendava a arquitetura de máquinas e objetos, conhecia os detalhes que lhes davam forma e movimento. Desmontá-los e refazê-los tornava-se então mera consequência.

O pai lhe incentivou o dom, estimulado pelos retornos financeiros que o uso daquela habilidade prometia trazer. Às vezes, ele remontava uma lata de óleo ou de biscoitos e a trocava, vazia, por uma nova no armazém. Bastava aproveitar alguma distração do dono ou desculpar-se dizendo que comprara o produto errado.

Viveu de biscates enquanto crescia, remontando utensílios quebrados, colando cartas confidenciais cujo lacre fora rompido, atendendo pessoas que por algum motivo precisavam reconstruir a ordem desfeita das coisas. Mas um dia descobriu que se lhe pagavam para aplicar a capacidade inata, talvez o recompensassem melhor para que dela não fizesse uso.

O primeiro golpe foi contra uma pequena fábrica de doces. Num gesto de reminiscência, guardou baratas e taturanas na calda dos figos e ameixas em compota. Uma nuvem de insetos envidraçados espalhou-se pela região. Nas gôndolas das mercearias e supermercados, cigarras flutuaram em meio a pêssegos num aquário amarelado, grilos de pernas dobradas deslizaram entre pedaços de manga. Durante semanas, os clientes evitaram produtos daquela marca. Aliás, afastaram-se nas redondezas de todos os tipos de doce em conserva. Bastou então uma carta aos proprietários da fábrica e por muitos meses o dinheiro manteve quietas as suas mãos obreiras.

Ele se cansou do interior do estado ao ver na capital uma vasta plantação a ser colhida. Sobreviveu a princípio com as economias do episódio dos bichos e se dedicou a conhecer pessoas em vários lugares, desde diretores de grandes empresas a chefes de repartições do governo. Estudou o novo território em busca de áreas férteis para germinar aquilo que melhor sabia fazer. Na primeira oportunidade escreveu aos diretores de uma fábrica de remédios. Fez advertências sobre os males que poderiam interceptar os frascos e envelopes de comprimidos. Ante a ausência de respostas, não teve escrúpulos em violar um vidro de analgésicos. Manipulando ácidos e elixires, compôs o veneno que ocupou o vácuo de uma das cápsulas.

Telefonemas fugidios não obtiveram o dinheiro desejado. E ele soltou o frasco adulterado na miríade de prateleiras, espalhadas por uma infinidade de farmácias. Anônimo, o remédio se empoeirou durante meses, enquanto ele se conformava na rotina de um serviço burocrático qualquer. Bancário, datilógrafo, vendedor, despachante, contentou-se em ser apenas um vulto a mais no torvelinho de gente que infestava a cidade. Do frasco de analgésicos, até ele mesmo se esqueceu. Mas a caixa aguardou, escura de pó, a data de validade já próxima de vencer. Então a mulher a comprou numa tarde de sábado. E faleceu no domingo de manhã.

Na autópsia descobriram a causa mortis. O caso ganhou os jornais. A fábrica recolheu todos os produtos à venda. E ele, ao ler as notícias, constatou que a mulher morava no prédio vizinho ao seu. Vendo a foto publicada, lembrou-se dela brincando com os netos na calçada. De alguma forma tomou conhecimento do horário do sepultamento. Oculto numa procissão de parentes e amigos, que na maioria nunca se viram uns aos outros, esperou até o último instante e depois vagou sozinho pela necrópole. Caminhando no gramado coberto de lajes, meditando à sombra dos raros arbustos, arrependeu-se de ser o responsável pela morte da anciã.

Contudo no dia seguinte telefonou para os donos da fábrica. Uma sistemática complexa e não interceptável pela polícia lhe garantiu o recebimento de um volume expressivo de dólares. No caminho as notas decresceram em número, lapidadas por comissões pagas aos intermediários, nenhum dos quais lhe conhecia pessoalmente. Mas o dinheiro recebido bastou para garantir-lhe uma sobrevivência farta e rica por vários anos seguidos.

Amigo de poderosos corruptos e corruptíveis, sondou a semeadura do próximo ato. Dos honestos se afastava pois não lhe prometiam facilidades de penetrar nos estágios de produção e distribuição daquilo com que estivessem envolvidos. Ele tinha uma predileção por alimentos. Farináceos, laticínios, enlatados. Havia uma infinidade de comidas a serem violadas e falsificadas.

Durante o trabalho de pesquisa, apaixonou-se pela filha de um dos sócios da fábrica de leite em pó. Casou-se e passou a ocupar o cargo de diretor. Morto o sogro num acidente natural, o carro abalroado por um caminhão na curva de alguma rodovia, tornou-se sócio em seu lugar e dedicou os dias a acompanhar a pulverização do leite, o enlatamento em cilindros brilhantes. Ficou cada vez mais rico, o desmantelamento das coisas mantido apenas como um hobby no porão de sua casa, agora situada num dos bairros nobres da cidade. Ali manipulava poções, substituía a essência dos objetos e os refazia, iguais na aparência, embora mais nocivos, mais maléficos. A esposa, grávida, evitava intrometer-se naquela parafernália de cientista demente. Assim, ninguém além dele penetrava naquele mundo onde se montava e desmontava, onde se destruía para se tornar a criar.

Foi apenas por diversão que começou a chantagear a si mesmo, colocando em pânico o conselho de administração da indústria. As latas de leite adulteradas mobilizaram agentes da polícia e cães farejadores, mas ele próprio se encarregou de revelar os supermercados onde as escondera. Manteve os telefonemas de ameaça, chegou a receber parte da extorsão pedida, uma pequena fortuna que doou a um hospital especializado em casos de envenenamento.

Naquele período outros chantagistas começaram a atuar na cidade. Amadores, iniciantes, cometiam fraudes imperfeitas, trabalhos grosseiros, arremedos da arte que somente ele dominava em profundidade. Envenenaram biscoitos, remédios, gomas de mascar, copiando em garatujas os seus melhores trabalhos. Ele odiava a concorrência desses aproveitadores, se pudesse mergulharia todos na peçonha da própria mediocridade.

Então nasceu o primeiro filho. Mas antes do menino deixar a maternidade, surgiu uma infecção que o matou em questão de dias. Inconsolável, ele se isolou progressivamente, tanto do carinho da mulher como dos negócios da fábrica. Semanas mais tarde, ao reassumir as funções da empresa, abriu um processo contra o hospital, acusando-o de servir medicamentos adulterados ao filho.

A partir de então evitou comer fora de casa, alimentando-se apenas do que plantava no quintal. Implicou com a cozinheira, suspeitando que ela adicionava elementos estranhos nos pratos. Uma nova empregada a substituiu mas foi igualmente demitida.

Cada vez mais ele se encarcerava no porão, pinçando partículas, fundindo líquidos, costurando a lâmina desvirginada das latas de leite. Ansiava novas ações, mas recusava-se a repetir o lugar comum da corja de falsários então disseminada pelo país inteiro. Pensou em envenenar o oceano, porém se julgou sem competência para tanto. Contentou-se em conspurcar a água do reservatório que servia a cidade. Metade da população morreu. A outra metade conviu em pagar-lhe o tributo cobrado, que ele por sua vez destinou aos órfãos e viúvas daqueles que morreram.

Ele e a mulher não conversaram mais, não dormiram na mesma cama, não quiseram ter mais filhos. Aos poucos ela o substituiu nas atividades da fábrica. E enfim, certa noite, ao fazer uma janta ela salpicou mais coentro que o devido, e o sabor ativo o incomodou a ponto dele atirar na parede as serpentinas de talharim e correr para o banheiro em vômitos, enquanto gritava que ela queria matá-lo. Depois disso eles se separaram.

Ele mesmo começou a fazer a sua comida, terminando por cismar também com as verduras largadas ao relento, sujeitas a polvilhamentos e borrifos. Levou mudas para dentro da casa, comendo a partir daí somente alimentos nascidos entre as paredes, portas e trincos, imunes aos venenos e malfazejos. Todavia, um pozinho de praga branca se espalhou na lâmina das folhas de alface. Como podia tratar-se de alguma poeira fatal, ele não mais se alimentou.

Prendeu-se no porão, abrindo e fechando garrafas, desmontando caixas, refazendo o universo com colas e parafusos. Sem a luz do dia, misturava noites e manhãs, adormecendo sobre tubos e pipetas, acordando faminto em plena madrugada, pondo-se a trabalhar febrilmente para fugir à inanição.

Encontraram-no desfalecido, o corpo exaurido pela fome, a mente nublada por desvarios infindos. Foi internado num hospital de indigentes, convalesceu em coma muitos dias antes de acordar e ser largado no anonimato de uma enfermaria. Não falou com nexo. Não soube ao menos dizer quem era. Ninguém o visitou, ninguém o procurou na casa agora abandonada. Deram-lhe remédios que ele tomou obediente, sem ter noção do que fazia.

Na segunda semana de internamento, pareceu melhorar. Conversou com disposição, embora não houvesse sentido em nada do que dizia. Chegou a caminhar pelo quarto apoiando-se no braço da enfermeira nissei. Jantou bem naquela tarde. Mas à noite morreu ao sonhar que respirava um ar envenenado.

Os caminhos do vento

Tinha a sensação de que por ali havia ocorrido um terremoto noturno e invisível, algo que tivesse engolido a alma das pessoas.

Osvaldo Soriano, *Uma Sombra Logo Serás*

Diante deles, o oceano. Mãos apertadas, os dois acabaram de chegar ao hotel. Guardaram as malas no quarto e antes mesmo de um banho lavar o cansaço da viagem, abriram a janela e olharam o mar. Depois da praia se erguiam os rochedos, muros altos que fincavam pilares no fundo das águas. Sobre o maior deles, existiam cubos e cilindros, como prédios de brinquedo espalhados na pedra.

– A usina! – Rogério explicou à mulher antes de fechar a janela. Eles se beijaram. Acabavam de se casar e aquela era uma tarde bonita, o crepúsculo tarjando as fendas nas venezianas, o som do mar correndo em volta do hotel como se ele fosse um pequeno barco. Abraçaram-se e somente no outro dia saíram para a rua.

Rogério estendeu as toalhas na areia, lutou contra o vento para prender a sombrinha de sol. Ajudou Sandra a se deitar e se estendeu ao seu lado.

– Ele é mais bonito que nas fotos – a mulher escorregava os dedos em seu rosto.

– Mais azul.

– Me lembra Cabo Frio.

– Florianópolis?

– Não, este é mais bonito.

Almoçaram em um trailer, olhos fixos nas gaivotas que pousavam nas partes vazias da praia. Rogério olhava o mar pelas lentes de um binóculo.

– Será que fizemos um filho ontem? – ela perguntou.

– Quando ele nascer – Rogério propôs – vamos voltar aqui. À noite saíram para caminhar. Andaram até os rochedos. Mais acima, os prédios da usina faziam um círculo em volta de todo o penedo maior, em alguns pontos quase tocavam as águas.

Rogério e Sandra pisaram nas pedras, iam devagar para que um deslize não os atirasse no meio do mar. Em volta, a lua revelava somente a espuma que espirrava nas rochas. Era também a sua luz que mostrava as pedras secas, onde não haveria a ameaça de lodos nem das superfícies lisas.

Descobriram a trilha num dos penedos. O estreito caminho de terra levava a um plano mais alto de onde se divisava a cidade inteira. O homem se assentou num pequeno desnível, a mulher se deitou em seu colo. Dali miravam as cercas guardando os blocos de concreto, vultos ínfimos circulando em volta, armas apontadas para ninguém. Ele ergueu o binóculo, viu os vigilantes rodeando os prédios, as paredes lisas, sem janelas nem aberturas. Voltou as lentes para a cidade, as lâmpadas nos postes, os faróis dos carros cruzando alguma esquina.

– Estou ansiosa para ver as fotos do casamento.

– Quando a gente voltar, elas já devem ter ficado prontas.

– Você me achou bonita? Você não falou nada!

Ele se curvou para beijá-la.

– Linda.

A mulher sorriu e fechou os olhos. Ele perscrutou no binóculo o negrume do mar. Virou-se para a usina. Os guardas prosseguiam a infindável ronda. Numa das paredes, a lua provocava um reflexo esbranquiçado.

– Por que você está tão interessado naquilo? – a mulher continuava com olhos cerrados.

– É esquisito. Até agora não descobri onde ficam as portas.

Ele tornou a baixar o aparelho. Mudou de posição para que os pedregulhos não lhe ferissem a perna. Então a mulher o puxou para si.

Muito mais tarde, eles olhavam as estrelas.

– Vamos dormir aqui? – ela perguntou.

Ele apenas tossiu. Tornou a observar a usina. Descobriu uma pequena porta no edifício mais próximo, talvez uma entrada de serviço. Continuou a vasculhar a fachada dos prédios. Chegou ao segundo deles. Ali havia dois carros, quase ocultos entre quatro grandes construções. Em torno deles se via um grupo de pessoas.

– Está acontecendo alguma coisa – comentou com Sandra, que somente murmurou, desinteressada por aquele assunto.

Uma porta se abriu e dois homens cobertos de branco saíram com uma padiola que depois enfiaram na traseira de um dos carros. Rogério tentou acertar o foco das lentes enquanto mais duas padiolas eram guardadas em outros veículos. Voltou o aparelho para os rostos que rodeavam os automóveis. Descortinou manchas imprecisas, mas não teve dúvidas de que todos estavam cobertos por máscaras. Os carros partiram velozmente. As demais pessoas correram de forma confusa, algumas de volta para os prédios, outras para lugares que Rogério não podia ver.

– Aconteceu alguma coisa lá dentro. Tinha três ambulâncias na frente do prédio.

A mulher abriu os olhos, levantando a cabeça na direção da usina.

– Ambulância?

– Quer dizer, elas não eram brancas nem tinham sirenes, mas colocaram três pessoas em macas lá dentro.

Ela se deitou de novo.

– Você não deve ter visto direito. Esse binóculo é muito vagabundo.

Detrás deles um pássaro cantava, aninhado num arbusto. Nas lentes, Rogério via carros partindo e chegando. Dois caminhões ficaram algum tempo no espaço entre o segundo e o terceiro bloco, as pessoas deixaram os prédios e entraram na carroceria. Menos de dez minutos depois, os caminhões também se afastaram.

– Vamos embora daqui!

Ele se levantou e puxou a esposa pela mão. Voltaram para o hotel em silêncio. A mulher dormiu logo que deitou. Rogério rolou pela cama envolto em conjecturas durante toda a noite.

No dia seguinte o sol subiu e correu pelo céu como os discos de papelão que os meninos jogavam na praia. O oceano borbulhava até o horizonte. Havia os gritos das crianças, o grasnar das gaivotas, a voz dos vendedores que começavam o dia.

Quando deixavam o hotel, Rogério parou na portaria, pediu o telefone.

– Você sabe o que aconteceu na usina ontem? – perguntou ao porteiro.

O homem levantou os olhos dos papéis em que escrevia. Abriu as mãos demonstrando desconhecimento e voltou a preencher cheques. Num canto do pequeno saguão, um rapaz trocava a ombreira de uma porta, ferramentas encostadas na parede, farelos de reboco polvilhando o chão.

Rogério discou para a central nuclear. Houve um longo tempo de espera em que o aparelho apenas pulsou, soando silvos curtos que não foram atendidos. Quando ele já desligava, uma mulher falou:

– Alô!

– Alô! – ele apertou o fone contra os ouvidos. – É da usina?

– Sim. Com qual departamento o senhor quer falar?

Rogério vacilou um momento, depois agradeceu e desligou. A calma musical daquela voz tornava absurdo cogitar algum problema. Seguiu com a mulher para a praia. Deitaram-se entre duas famílias cheias de filhos. Mais adiante um cão perseguia as ondas, latia quando elas eram sugadas, depois retornava em saltos, fugindo das cristas que caíam sobre seus pelos.

– Ainda está cismado?

– Eu devia ter perguntado se aconteceu algum acidente.

– Esquece isso!

Ela beijou-lhe o rosto enquanto ele se curvava para afagar-lhe as costas. Um siri saltou de um círculo na areia, observou os dois com o par de olhos salientes, desenhados em papel, e fugiu para longe. Sandra jogou areia em seu encalço, mas ele se escondeu em outro buraco ainda mais distante.

Os olhos de Rogério passavam do céu ao corpo de Sandra, desciam através do suave declive da praia, às vezes tocavam as crianças que corriam na areia. Quando se cansavam, seguiam o velho dos refrescos, pousavam furtivos na moça que flutuava na boia amarela. Mas no fim de todos trajetos, fixavam-se no alto das rochas, nos colossos que guardavam uma rotina de raios e fissões, tentando decifrar o que se escondia no interior daqueles prédios.

Sandra acariciou-lhe os cabelos, mas ele se afastou. Falou que ia comprar sorvetes e caminhou para o final da praia. Entrou no armazém, colocou fichas no telefone público. Soaram muitos toques antes que a mesma pessoa da outra vez indagasse com qual setor da usina ele desejava falar.

– Escuta aqui, minha senhora – ele perdia o controle da voz. – Ontem à noite eu vi um caminhão parado aí, um monte de gente correndo, algumas macas. O que estava acontecendo?

– Espere um pouco, por favor! – O som do telefone foi trocado pelo silêncio de uma mordaça, ausentes até os ruídos, como se ela prendesse a ligação para atender outra chamada. Regressou quase cinco minutos depois, a mesma voz tranquila de antes. – Por favor, senhor... senhor... qual é o seu nome?

– Eu não tenho nome.

– Pois bem, senhor sem nome, não aconteceu nada anormal. Todas as noites vários ônibus e caminhões vêm buscar os empregados que moram nas cidades vizinhas. E não havia nenhuma maca aqui ontem. De onde o senhor tirou essa ideia? O senhor mora aqui na cidade?

Ele bateu o fone contra o gancho. Voltou para junto de Sandra. Antes de se assentar ao lado da mulher, olhou as marcas que seus pés imprimiram na areia, vinham desde a rua deixando um registro de sua passagem pela praia. Eram um vestígio. Como as pequenas marcas que o oceano largava nos avanços e regressos por cima da areia: as conchas, as águas-vivas feito bolsas de plástico ou os milhares de barbantes que as algas espalhavam nas dunas. Naquele momento o mar se recolhia às profundezas e eles podiam deitar-se nas terras onde à noite as águas se revolveriam. Agora a presença do oceano ali podia ser apenas imaginada, constatada pelos sinais que deixava no caminho.

A mulher perguntou pelo sorvete e ele se confundiu numa resposta falsa, mas nada comentou sobre o telefonema. À tarde acompanharam a orla dentro de um pequeno barco, desceram na ilha povoada de pássaros. Na viagem de volta, contornaram os rochedos e Rogério examinou a usina nas lentes do binóculo. Chegaram na cidade à noite e se recolheram ao hotel.

Quando Sandra dormiu, ele deslizou pelos lençóis e vestiu a roupa. No hall vazio, as ferramentas recostavam-se nos marcos recém-instalados. Ele apanhou um pé-de-cabra e atravessou a cidade. As casas apagadas não perceberam o seu vulto caminhando para os rochedos e dali por muitas trilhas até a cerca da central atômica.

Do lado de dentro das grades, os guardas se moviam em círculos. Fuzis e metralhadoras vistoriavam a estrada e os bosques que cobriam a área diante dos prédios. A cerca era forte e alta, impossível de ser transposta, exceto num ponto no qual o próprio mar a protegia. Um dos módulos da grade saltava uma fenda na pedra e ali por baixo as águas se agitavam, regurgitando como um frasco em ebulição. Era por aquele lugar que Rogério esperava entrar nos edifícios.

Ele ficou um tempo assentado na rocha, o binóculo focado na porta que se alinhava no rumo da fenda. Mediu os minutos que os vigias levavam para cruzar aquele lugar e novamente surgir detrás do primeiro bloco. Quando um deles passou, Rogério se agarrou à grade e mergulhou as pernas no mar. As ondas torceram-lhe os músculos do tronco, quiseram levá-lo para o fundo, escorrê-lo através da fenda até onde a rocha se erguia do meio de algas e peixes. Mas ele conseguiu passar o braço por baixo da grade e em seguida puxar todo o corpo, ficando à espera de que o guarda virasse para trás do prédio em forma de cubo.

Depois que o vigia se foi, ele se firmou na cerca e arrancou as pernas de dentro da água, pisou no cimento do pátio e correu para perto da porta. Colou-se à reentrância que a guarnição esculpia na parede, escondendo-se num fiapo de sombra. O guarda seguiu em frente, os olhos voltados para o navio que passava ao largo da costa.

Rogério ergueu o pé de cabra à procura de uma folga no encaixe da guarnição, mas ao menor toque a porta se abriu. A miríade de guardas armados protegia um prédio que ninguém se preocupara em trancar.

Entrou quando já ouvia os passos do outro vigilante que se aproximava. Estava agora no meio do compartimento de lixo, entre sacos e latões. Acendeu uma lanterna de bolso e foi para a porta interna. Gastou muitos minutos antes de conseguir abri-la e deparar com o corredor. Saiu lentamente, temendo defrontar-se com algum guarda ou funcionário da usina. Embora ninguém contasse com sua vinda, o telefonema devia tê-los alarmado. Sabiam que alguém descobrira o que houvera na última noite.

Percorreu o primeiro corredor sem ninguém cruzar-lhe o caminho. Entrou numa sala cheia de gráficos nas paredes, viu um copo de café ainda cheio sobre a mesa e algumas gavetas reviradas. A partir da terceira sala, a ansiedade começou a se infiltrar em seu sangue. Correu as escadas, arrombou as salas que não encontrou abertas, através de um elevador desceu ao subsolo e passou ao segundo prédio e mais tarde aos outros dois.

Parou de andar e se assentou numa mesa. Em cada canto da sala, um terminal de computador piscava frases soltas, buscava respostas do vazio que ocupava os quatro blocos. O terminal mais próximo estava quebrado, um peso de papéis lhe atravessara o visor. A mesa onde Rogério se instalava também fora mexida com violência.

Havia dois telefones na mesinha ao lado. Um era o ramal do PABX, o outro era um número direto. Rogério pegou o segundo e discou para o mesmo número que usara nas vezes anteriores. A mulher o atendeu.

– É da usina?
– Sim.

Ele hesitou antes de prosseguir. Leu na porta o nome do setor onde estava.

– Quero falar com um amigo. Ele trabalha na área de relações públicas. – Leu o número do outro aparelho na mesa ao lado e completou: – Ramal 2111.

– Um momento, por favor!

O outro telefone, estranhamente, continuou em silêncio.

– O ramal 2111 está ocupado. Ligue depois, por favor!

Ele desligou e se perguntou se aquilo continuaria o dia inteiro. Todos os ramais da usina sempre ocupados, a doce telefonista informando que tudo corria bem, enquanto as máquinas e telefones permaneciam quietos nos edifícios desertos.

Parou diante da porta que conduzia às instalações do reator. Não ousou ultrapassá-la pois sabia que lá dentro estava a resposta. Teve calafrios e quis vomitar. Talvez apenas imaginasse, mas ainda que nada sentisse naquele momento, o vazio em volta lhe dizia que era preciso afastar-se depressa. Com grande esforço, localizou o mesmo caminho pelo qual viera. Caso deixasse os prédios por qualquer outra saída, os guardas decerto atirariam antes dele poder ao menos se explicar. Talvez nem eles soubessem que a radiação se enfiara pelas gretas dos edifícios, espalhara-se feito o ar de um balão que arrebenta.

Alcançou a saída, chegou à fenda e depois à praia. Junto dos rochedos, os pescadores enrolavam redes e puxavam barcos para dentro do mar. Os que atravessavam a cidade, caminhando em silêncio para o trabalho na madrugada fria, encontraram-se com Rogério correndo pelas ruas, falando em voz alta, gritando o nome da mulher.

Ele a arrancou do meio do sono. Tentou contar-lhe a horrenda descoberta. Terminou por assentar-se numa cadeira, impotente, enquanto puxava Sandra para si e a abraçava. Levantou-se de repente para fechar a janela, cortando a entrada do vento. Respirou fundo e se imobilizou, como se tentasse enxergar o ar que absorvia. Desceram juntos para a portaria do hotel e chamaram o encarregado, mas ele reagiu com um sorriso que os chamava de loucos.

Não partiam ônibus durante a madrugada, nenhum táxi acudiu aos seus chamados, e assim eles deixaram o hotel a pé antes da manhã. Puseram-se a caminhar na estrada, levando somente uma das malas. As outras roupas ficaram no hotel, sem mais nenhuma utilidade.

O vento mexia os arbustos, soprava os cabelos de Sandra. O mar estrondava distante, ocupando por mais algum tempo a praia onde antes o casal se deitara. Eles caminhavam há mais de uma hora. Rogério sempre olhando os mourões de cerca nas margens da estrada, as plantações cobrindo o chão de pequenas fazendas, o corpo da mulher que talvez guardasse um novo ser. Ele se perguntou se o cansaço o fazia ver aqueles vestígios. Ou se a coisa que temia, entregue agora aos fluxos e refluxos do vento, já estava ali naquele exato momento.

Uma voz

É isso que trazemos ao templo; não orações ou cânticos ou carneiros sacrificados. Nossa oferenda é a linguagem.

Don DeLillo, Os Nomes

Um pedaço de escuridão. Vários pedaços justapostos. O silêncio costurando as emendas. E Adriano sentindo todo o tempo que o infinito é vazio. Poderia estender a mão à sua frente e apanhar um punhado de vácuo. Ou olhar para o espaço que ficava às suas costas e encontrar apenas o nada se distendendo e se ampliando até se perder de vista. Ou até vislumbrar os pirilampos semeados no fundo da tela, as estrelas coladas na borda do imenso quadro negro onde agora ele navegava.

Os aparelhos faiscantes, zumbidores, diziam que a nave se arrastava com velocidades imponderáveis. Mas Adriano chegou a duvidar de que se movia ao menos um centímetro. Naqueles intervalos nulos, interstícios entre o volume de um planeta e o seguinte, havia somente as trevas. E o silêncio. O longo silêncio quando Adriano escutava apenas os poucos ruídos que a nave fazia em seu voo.

Ele não mais se perguntava que prazeres sentia ao deixar por algumas semanas o aconchego dos hibernadores e caminhar claustrófobo pelos dois pavimentos do foguete. Era uma rotina que cumpria há anos ao seguir para as estações interplanetárias.

Talvez algo dentro dele resistisse a aceitar a existência de tamanho vazio, de tão densa escuridão. E ao se postar diante da janela do observatório, na cúpula do foguete, ele esperasse encontrar uma ruptura na vastidão solitária, no mar deserto em que ele e sua pequena nave eram um barco aparentemente sem rumo. Ele desejava algum dia ver um movimento surgir naquele oceano, suaves marés que ondulassem o mar em suas mãos e trouxessem das profundezas sem fim um som, um fato, uma vida.

Nem todas as naves de todos os países e colônias, nem todas as estações espaciais, sondas e satélites, bastavam para encher sequer um milésimo de todo o espaço que havia para ocupar e percorrer. Assim, em muitos anos de viagens de planeta em planeta, Adriano nunca estivera ao menos perto de outro viajante.

Era por isso que ele esperava diante da tela negra, imaginando se de cada ponto brilhante no infinito à sua volta não partiria agora um enxame de foguetes, reluzentes carcaças de metal que se espalhariam pelo espaço e o cruzariam como uma coleção de agulhas deslizando e tecendo a tapeçaria do universo.

Um dia antes dele se congelar como um fóssil até o retorno ao Sistema Solar, o som surgiu de dentro do painel. Um murmúrio a princípio, barulho de grãos de poeira se movendo no sopro de um vento inexistente. Mas aos poucos ele cresceu e se transformou numa voz.

Recicladas e mexidas, embaralhadas dentro de circuitos e chips, as ondas se transformaram na voz de uma mulher. Seu timbre fluido e suave correu como uma brisa impossível entre as paredes da nave. Uma forma incerta de início, o som se cristalizou em poucos minutos e as palavras, até então obscuras, começaram a separar-se feito sedimentos se assentando no fundo de um líquido. Adriano se debruçou no painel, os olhos fixos na janela do observatório, como se esperasse surgir na tela escura o rosto improvável daquela mulher.

Mas não havia nada ao redor do foguete. Nenhum ser humano solto no espaço como um floco de algodão. Nenhuma nave compartilhando com a de Adriano a travessia daquele minúsculo trecho da galáxia. Existia somente a voz, a mensagem lançada espaço afora como a garrafa de um náufrago.

– Alguém me ouve? – dizia a mulher de dentro das máquinas.
– Como posso saber se alguém me escuta?

Adriano a ouvia. Sua voz era como música, tocada em um instrumento distante e estranho. A melodia penetrava nos ouvidos de Adriano e o fazia se colar ao painel, parecendo aguardar que a voz lhe segredasse confidências. E ela o fez.

Contou-lhe que estava sozinha. O foguete sem controle, os hibernadores danificados, os amigos mortos e ejetados para boiarem como asteróides em torno de algum sol. Depois falou de si e das coisas que ainda sonhava fazer. Botânica, desejava largar o cultivo de plantas na estufa árida do espaço e viver numa fazenda na terra, uma casa nas montanhas dos Andes ou de Minas Gerais, igual à infância que vivera um dia na Terra do Fogo. Mas agora podia somente esperar o tempo correr e a nave vagar à deriva para chegar a lugar nenhum.

Adriano a ouviu e desejou responder-lhe. Falar que não se desesperasse, que um socorro talvez a pudesse alcançar. Aliás, bastaria alterar os programas dos computadores e a sua própria nave se voltaria na direção indicada.

Contudo os aparelhos informavam que não existia outro foguete em várias semanas e meses terrestres de viagem. Lá fora havia apenas a voz, uma mensagem vagando sozinha desde distâncias não imagináveis, um pedaço de vida perfurando o infinito frio e sem luz. Ela vinha de longe, de algum ponto tão distante que não podia ser identificado.

A mulher ainda falou sobre muitas coisas, compartilhou com o viajante as alegrias de uma vida curta. Até que cansada avisou que adormeceria e se despediu, falando a um interlocutor imaginário, perdido na amplidão do espaço:

– Obrigada por me escutar – ela sussurrou numa voz que era tristeza e afeição, que era um som de boa noite soprado junto aos ouvidos pouco antes do sono chegar. – Se é que alguém pode receber esta mensagem, se é que alguém vai saber o que agora falo.

Adriano se deitou mas não dormiu. Pensou no acaso de uma voz varando o vazio entre os planetas e galáxias e finalmente encontrando alguém que pudesse ouvi-la. Era uma sorte ele estar ali, desperto, pronto para absorver a voz. Uma palavra abandonada no cosmos poderia caminhar eternamente, correndo ao lado de cometas e satélites, sem nunca chegar até outro ser humano. Ela atravessaria constelações e nebulosas, conheceria todos os vãos do universo, mas nada significaria enfim. Talvez se cansasse e se dissolvesse, convertendo-se em sílabas, letras, ruídos.

Horas depois Adriano despertou com o som do painel. A mulher tinha agora a voz distorcida e não havia coerência em suas frases. Falou do seu aniversário que acontecia naquele mesmo dia. Depois cantou e chorou durante muitas horas. Enquanto isso Adriano insistiu em vasculhar as redondezas em busca da origem da voz que aos poucos ia se fazendo íntima. Parecia agora tê-la sempre conhecido. Essa voz que rompia o silêncio do espaço como o marulho do sangue correndo nas artérias, o pulsar do coração ecoando no peito e nas mãos.

Adriano olhou as estrelas longínquas, o pó dourado salpicando a parte mais distante de todas as direções. As luzes se refletiam em sua íris e pareciam ali adormecer, exaustas de uma interminável viagem. Milhares de anos percorrendo o oceano dos espaços interestelares, talvez não estivessem mais onde Adriano as via. Eram impressões, fósseis de mundos que talvez se extinguiram mil anos antes dele nascer.

Quem sabe assim também fosse a voz. Somente um bilhete lançado dezenas de anos atrás, uma mensagem de adeus que agora Adriano recolhia.

– Meu amigo invisível. Se é que você está aí, não pare de me escutar.

E Adriano passou mais uma dezena de horas terrestres a ouvi-la dizer sobre sonhos, angústias e amores. Ela sentia medo do escuro, e quando contou que as baterias falhavam e a luz da nave se extinguia devagar como a última chama de uma vela, Adriano percebeu que ela chorava.

Ele se alimentou nos mesmos momentos em que a mulher fez as refeições, banhou-se enquanto ela se lavava, dormiu quando ela dormiu. Apaixonou-se por seus pensamentos e sua voz. Tornou-se o seu amante. Mas ela era apenas uma voz.

– Meu amigo invisível...

Ele quis falar ao microfone, libertar para o espaço a resposta às perguntas feitas pela mulher, o consolo que ela pedia a todo instante, os risos alheios que reclamava não escutar. Mas isso nada adiantaria. Mesmo agora ele não sabia se ainda existia uma nave perdida, uma mulher sozinha. Adriano tinha certeza somente da voz que chegava aos receptores da nave. Mas vinte e quatro horas depois até mesmo o som se extinguiu.

O resto do tempo foi triste. A janela do observatório estampando apenas estrelas e planetas remotos. Adriano adiava a volta ao hibernador, imaginava sempre a voz macia infiltrando-se entre as placas de metal que envolviam o foguete.

Após muito tempo de espera, decidiu se apagar como as velhas estrelas até que a nave se encaixasse na estação. Preparou-se para hibernar, embora os ouvidos continuassem atentos para notar o retorno da voz.

Mas o som que ouviu pouco antes de aplicar-se o produto químico que o faria dormir foi bem mais estridente. Correu até o painel, examinou ansioso os instrumentos e descobriu que havia algo errado. Um pequeno defeito, uma coisa bem simples como uma falha de energia ou um fio solto. Mas suficiente para tirar o foguete do curso normal e colocá-lo em rota de colisão com um pequeno sol.

Descobriu que nada havia a ser feito. Não dispunha dos equipamentos necessários para corrigir o problema.

A janela mostrava a estrela crescente, um vulto quebrando a monotonia do vácuo interminável, a luz ainda frágil, mas já forte o bastante para desmanchar as teias de escuridão.

Adriano observou a estrela aumentar lentamente. Imaginava suas longas labaredas, a explosão das línguas de fogo, mãos ferventes que em algum momento tocariam a superfície do foguete e o dividiriam em infindáveis partículas.

Ele vestiu o traje espacial. Contava com a hipótese de ejetar-se e ficar à solta no espaço como uma minúscula estação viva. Seria um destino melhor que mergulhar nas chamas de um sol. De qualquer forma, ainda dispunha de muito tempo para se decidir.

Enquanto isso, segurou o microfone, recostou-se numa cadeira e continuou a admirar o cosmos.

– Alguém me ouve? – ele perguntou. – Como posso saber se alguém me ouve?

Este livro foi composto em tipologia Minion Pro,
no papel pólen Soft, enquanto Caetano cantava *Reconvexo*
para a Editora Moinhos.